KB005030

내게만 보이는 남자

내게만
보이는 남자

최광희 지음

열세번째방

차례

작가의 말

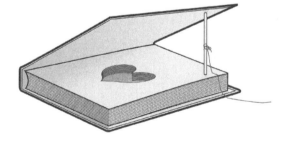

어느 날 아침

남자가 집에 침입한 지 이틀째다. 남의 집에 들어와서는 이틀 내내 냉장고 옆에 꼼짝 않고 서 있다. 그런데 왜 하필이면 냉장고 옆에 서 있는 것일까.

한 가지 가정을 해 보면 우리 집 고양이 쌔미가 냉장고 옆에 자꾸 앉기에 일부러 그 자리에 서 본 적이 있다. 그러자 드레스룸과 주방, 거실과 침실이 한눈에 들어왔다. 집 안을 살피기에 냉장고 옆은 최적의 장소였다. 남자도 나를 보기에 가장 좋은 곳에 서 있는 것이라면 지나친 상상일까. 이상한 건 낯선 남자에게 자리를 빼앗긴 쌔미가 투정을 부리지 않는다는 것이다. 남자가 나타난 뒤로 쌔미는 평소에 관심도 없던 캣타워 꼭대기에 자리를 잡았다.

남자는 흰색 와이셔츠에 검정색 양복바지 차림이다. 목 끝까지 채운 단추는 단정해 보이면서도 살짝 답답한 느낌이다. 머리는 적당히 짧고, 얼굴엔 미소를 띠고 있다. 싫지 않은 인상이다. 아니, 꽤 괜찮은 인물이다. 호남형이라고 불러도 좋을. 나이는…… 서른쯤 됐을까. 나보다 조금 어려 보이기도 하고, 얼핏 더 먹어 보이기도 한다. 키는 크지도 않고 작지도 않은 편인데 조금은 수척한 느낌이다. 남자는 나와 눈이 마주칠 때마다 지그시 웃음을 짓는다. 내 얼굴을 보는 게 기쁘다는 듯, 자신을 바라봐 줘 기쁘다는 듯.

남자를 발견한 건 어제 아침이다. 특별할 것 없는 날이었다. 평소처럼 남편은 아침을 먹는 둥 마는 둥 하며 서류 가방을 챙겼고, 나도 홍삼액을 따른 컵을 내밀며 지나가듯 물었다.

"오늘도 늦어?"

남편은 숨 가쁘게 홍삼액을 들이켠 뒤 "미안해"라고 짧게 말하고 등을 돌렸다. 쿵, 현관문이 차갑고 무거운 소리를 내며 닫혔다.

남편과 나는 결혼 6년 차다. 3년의 연애 기간을 보태면 9년을 함께한 셈이다. 결혼 뒤 나는 다니던 직장을 그만두고 곧바로 아이를 가지려 했다. 그러나 피임을 중단해도 아이는 소식이 없었다. 3년 전부터 불임센터를 찾았지만 소용이 없었다. 남편은 조급해 하는 내게 "인내심을 갖고 더 노력해 보자"며 위로를 했다. 생리 때마다 내가 시무룩한 얼굴을 하면 "까짓, 애 없으면 어때? 요즘 아이 없이 자유롭게 사는 부부들이 얼마나 많은데" 하면서 부드럽게 어깨를 감쌌다. 그만큼 미안한 마음에 나는 남편이 종종 자정이 훨씬 넘은 시간에 들어와도 잔소리 한번 하지 않았다. 아이가 없다는 것을 빼고 우리는 주말 저녁이면 종종 손을 잡고 산책을 나서는, 누가 보아도 꽤나 화목해 보이는 부부였다.

그런 평범한 하루에 낯선 남자가 틈입한 것이다. 남편을 세상 밖으로 빨아들인 차갑고 무거운 현관문을 응시하다가 돌아선 순간. 냉장고 옆에 처음 보는 남자가 서 있었다.

"어, 어…… 꺄~ 악!"

나는 비명을 지르며 뒷걸음치다가 맥없이 주저앉았다.

"누, 누, 누구세요. 당, 당장 나가요!"

나도 모르게 버럭 소리쳤지만 낯선 남자는 나를 물끄러미 바라보고만 있었다.

"……."

심장이 터질 듯했다. 나는 본능적으로 현관문을 열고 밖으로 뛰쳐나왔다. 도망쳐야 한다는 생각밖에 들지 않았다. 맨발인 채로 엘리베이터로 달려가 버튼을 부술 듯이 눌렀다. 7, 8, 9…… 엘리베이터가 천천히 위로 올라가고 있었다.

"어, 어, 어떡하지? 어, 어떻게……."

엘리베이터가 4층으로 내려올 때까지 기다릴 수는 없었다. 당장이라도 남자가 쫓아와 내 뒷덜미를 낚아챌 것만 같았다. 비상계단을 뛰어내려 1층 현관문을 여는 순간, 지하 주차장을 빠져나오는 남편의 차가 보였다.

"여보, 여보!"

남편을 소리쳐 부르며 달려갔지만 차는 빠르게 멀어져 갔다. 그때 단지 입구의 슈퍼마켓이 막 문을 열고 있는 게 보였다. 우리 부부를 볼 때마다 인사를 건네던 주인 이모가 상점 안의 짐들을 밖으로 꺼내 놓고 있었다.

"이모, 이모! 도와줘요!"

이모가 눈을 휘둥그레 뜨고 맨발로 달려오는 나를 보았다.

"이게 뭔 일이래?"

"저, 저, 저, 저기, 우리 집에 수상한 사람이 들어와 있어요. 경찰에 신고 좀 해 주세요!"

"뭐야? 언 미친놈이 남의 집에 들어왔대?"

112에 신고를 하고 경찰을 기다리는 동안, 나는 이모에게서 빌린 스마트폰으로 남편에게 계속 전화를 걸었다. 하지만 수신 모드를 무음으로 설정했는지 남편은 전화를 받지 않았다. 몸을 덜덜 떠는 내가 안쓰러운지 이모가 내 손을 꼭 붙잡고 계속 말을 걸었다.

"괜찮어, 괜찮어. 미친놈이 새벽까지 술 처먹고 제집인 줄 알고 기어들어왔나 보지. 경찰 불렀으니까 별일 없을 거야."

순찰차가 도착한 것은 10여 분 뒤였다. 두 명의 정복 경찰은 사건 경위를 청취한 뒤 도어락 비밀 번호를 받아 집으로 올라갔다. 그리고 몇 분 뒤 돌아온 경찰 한 명이 말했다.

"현재 집에는 아무도 없는데 일단 같이 올라가 확인해 보시죠. 강 순경이 관리사무소에 갔으니까 용의자가 있다면 CCTV에 찍혔을 겁니다."

하지만 경찰을 따라 집으로 돌아온 나는 또다시 비명을 지르고 말았다.

"냉, 냉, 냉장고 옆, 냉장고 옆에 서 있잖아요!"

경찰이 황당한 표정으로 나를 돌아보았다

"누가 서 있다고 그러세요?"
"있잖아요. 냉장고 옆에 저 사람!"

나는 부들부들 떨리는 손으로 냉장고 옆에 서 있는 남자를 가리켰다. 경찰의 눈에 묘한 빛이 감돌았다. 마침 관리사무소에서 돌아온 젊은 경찰도 CCTV에서 별다른 거동 의심자가 발견되지 않았다고 했다.

"최근에 병원 진료 받고 계신가요?"

"네?"

당황해 되물은 내게 경찰이 살짝 얼굴을 찌푸리며 말했다.

"정신과 진료…… 아닙니다. 일단 함께 거주하고 계신 보호자 연락처 좀 주세요."

"저, 저 사람이 보이지 않아요? 저기 저렇게 서 있는데?"

"휴, 우선 연락처부터 주시고 저희가 다시 한 번 확인하겠습니다."

경찰이 남편에게 전화를 걸었다. 신호음이 가고 조금 전까지만 해도 연결되지 않던 남편의 목소리가 들려왔다. 경찰은 현재 상황을 설명한 뒤 가능하면 집으로 돌아올 수 없냐고 남편에게 물었다. 아내 되시는 분이 많이 불안한 상태라는 친절한 설명까지 덧붙이면서. 나는 떨리는 목소리로 경찰은 아무도 없다고 하는데 내 눈에는 집 안에 있는 남자가 분명히 보인다고 남편에게 말했다. 전화기 너머로 긴 한숨 소리가 들려왔다.

"어쩌지? 아침 회의 때문에 돌아가기 힘든데…… 일단 어머니 댁에 좀 가 있어. 집에는 이따 밤에 나랑 같이 들어가자. 알았지?"

남편이 서둘러 전화를 끊었다. 경찰도 나를 남겨 두고 가 버렸다. 나는 혼자 남겨졌다. 한참 동안 복도를 서성이던 나는 현관문을 열고 집 안을 살폈다. 남자는 여전히 냉장고 옆에 붙박이장처럼 서 있었다. 내 눈에만 보이는 남자가 나를 보며 미소를 짓고 있었다. 이틀 전의 일이었다.

내게만 보이는 남자

나는 남편의 말을 따르지 않았다. 대신 입술을 깨물며 현관문을 활짝 열어젖혔다. 도망치기 쉽게 스토퍼로 현관문을 고정한 뒤 천천히 집 안으로 들어갔다.

"누, 누군지는 모르겠지만 거, 거기 그대로 있어요."

남의 집에 침입한 사람에게 그대로 있어 달라니. 부탁을 하면서도 스스로도 정말 어이없는 부탁이라고 생각했다. 하지만 남자는 진짜로 한 치의 움직임도 없이 냉장고 옆에 서 있었다.

나는 스마트폰과 지갑만 챙긴 뒤 새까맣게 더러워진 발을 스니커즈에 욱여넣고 집 밖으로 뛰어나왔다. 그리고 걸어서 10여 분밖에 걸리지 않는 시댁에 가는 대신 24시간 패스트푸드점을 찾았다.

'……어디로 가야 하지?'

테이블 위에 뜨거운 커피를 올려놓은 채 갈 곳을 떠올려 보았다. 남편 말대로 시댁에 가야 할까? 나도 모르게 헛웃음을 흘렸다. 남편과의 연애 기간을 비롯해 결혼이 결정되고 상견례를 하고 식장에 들어갈 때까지, 아니 신혼여행을 다녀온 뒤 6년이 넘은 지금까지 살가운 말 한마디 나눈 적 없던 시어머니를 찾아가 뭐라고 말할까? 집에 내 눈에만 보이는 사람이 있다고? 그랬다가는 시어머니의 입에서 무슨 말이 나올지 알 수가 없었다.

연락처 목록을 꼼꼼히 살폈지만 선뜻 통화 버튼을 누를 사람이 없었다. 한 해 두 해 시간이 흐를수록 짧아지는 목록에 끝까지 남은, 그만큼 한때 내 삶에 아주 중요한 부분을 차지했던 사람들이었다. 그러나 몇 년째 연락을 끊은 이에게 갑자기 전화해 낯선 남자 때문에 집에 들어갈 수가 없으니 나를 위해 잠시 시간을 내어 줄 수 있느냐고 말한 다면…….

나는 고개를 저으며 다시 한 번 남편에게 반찬을 내고 돌아올 수 없냐고 메시지를 보냈다. 곧바로 짧막한 답장이 왔다.

– 회의 중이니 잠시 뒤 연락드리겠습니다.

미리 저장된 문구였다. 뜨거웠던 커피가 차갑게 식는 동안 달아올랐던 내 머릿속도 조금씩 식는 느낌이었다. 그때문이었을까. 불쑥 한 가지 생각이 들었다.

'왜 내가 도망쳐야 하지? 내 집인데?'

무엇보다 남자의 얼굴이, 남자의 눈빛이 떠올랐기 때

문이다. 날카로운 적의라든가 어떤 위협적인 행동을 할 낌새를 전혀 느낄 수 없던 남자의 모습. 오히려 그의 눈빛은 왠지 모르게 선량해 보였다. 곰곰이 떠올려 보니 무언가를 조심스럽게 원하는 듯한 애틋함마저 느껴졌다.

나는 한참을 망설인 끝에 용기를 내어 다시 집으로 돌아갔다. 현관문을 열자 여전히 남자가 냉장고 옆에 서 있었다.

'어, 어떻게 해야 하지?'

나는 일단 그를 보지 못하는 것처럼 행동했다. 화장실에 들어가 발을 씻은 뒤 MP3 플레이어에서 브란덴부르크 협주곡을 틀었다. 집 안에 무겁게 내려앉은 침묵을 견딜 수가 없었다. 일부러 시끄럽게 진공청소기를 돌렸고, 쌔미에게 사료를 줬다(쌔미는 아무 일 없었다는 듯 평소처럼 사료를 먹어 치웠다). 밑반찬 몇 개를 꺼내 놓고 늦은 아침까지 먹었다. 그동안에도 남자는 미동도 않고 냉장고 옆에 얌전하게 서 있었다.

당신은 도대체 누구냐고 묻고 싶었지만, 나는 아무 말

도 하지 못했다. 말을 건 순간, 경찰이 내게 의심 어린 눈초리로 물었듯, 내가 실제로 환각을 보고 있다고 스스로 인정하는 꼴이 될 것 같은 두려움이 들었다.

남편은 평소처럼 열 시가 넘어 귀가했다. 일찍 돌아오지 못한 미안한 마음을 표현하기라도 하듯 신발을 벗자마자 집 안 곳곳을 살폈다. 방문들을 일일이 열어 보고, 화장실과 베란다와 보일러실까지 들여다봤다. 그러나 냉장고를 열어 물을 따라 마시면서도 남편은 손만 뻗으면 닿을 남자의 존재를 전혀 눈치 채지 못했다.

"아침에 누군가 들어온 건 맞는데, 너무 놀라서 여전히 그 사람이 집에 있다고 착각한 거 아냐?"

물을 마시며 남편이 나를 돌아보았다. 순간, 나는 남편이 나를 믿지 않고 있다는 것을 깨달았다. 누군가 들어온 건 맞는데? '맞다'는 표현을 쓴 것부터 내 말을 의심하고 있다는 증거였다. 그래서 저 사람이 안 보이냐고, 당신 옆에 있지 않느냐고 묻지 않았다. 그래 봤자 나를 정신 나간 사람 취급할 게 빤하니까.

"아무래도 그런가 봐. 이젠 안 보여."

남편에게 말하며 내 눈은 남자를 향했다. 그 순간 남자
가 웃었다. 집에 침입한 이후로 그처럼 환히 웃은 것은 처
음이었다. 남자의 웃음 속에 어떤 뜻이 담겨 있는지 나는
가늠할 수 없었다. 자신을 인정해 줘서, 자신이 내게만 보
인다는 것을 인정해 줘서 고맙다는 인사일까? 그와 나 사
이에 어떤 공유의 지점이 생겼다는 데 대한 기쁨의 의미가
담겨 있는 것일까? 어떤 비밀스런 유대감 같은 게 담겨 있
을지도 모른다는 생각이 머릿속을 스쳤다. 무엇보다……
나 역시 그런 느낌이 들었기 때문이다. 그때 남편이 나를
부드럽게 끌어안으며 조심스럽게 물었다.

"요즘 스트레스 받는 일 많았어? 혹시…… 아이 때문은
아니지?"
"아냐, 이젠 괜찮아."

"그래, 스트레스 풀어."

남편의 다정한 목소리에 나는 왠지 얼굴이 화끈거렸다. 나는 남편의 어깨 너머로 남자를 훔쳐보았다. 냉장고 옆의 남자가 부둥켜안은 우리를 보고 있었다.

다음 날 아침도 어제와 똑같은 일이 반복됐다. 밤새 뒤척이며 잠을 설쳤지만 나는 일부러 거실에 나와 보지 않았다. 어쩌면 내가 잠든 사이 남자가 사라져 있을지도 몰랐다. 제발 그러기를 바랐다. 그러면 어제 하루 종일 계속된 혼란도 한여름 밤의 꿈처럼 잊힐 테니까. 그러나 이른 아침 시끄럽게 울리는 자명종을 끄고 침실 밖으로 나온 순간, 남자는 눈부신 아침 햇살을 받으며 여전히 냉장고 옆에 서 있다. 또다시 나를 향해 웃음을 지으며. 마치 수줍은 아침 인사를 건네는 소년처럼.

역시나, 나는 그가 없는 것처럼 행동했다. 브란덴부르크 협주곡을 틀고, 남편의 아침상을 차리고, 내가 먹을 토스트를 굽고 커피를 내렸다. 그리고 남편을 위해 홍삼액을 챙겼다. 막 현관문을 열던 남편이 움찔 몸을 떨더니 고개를 돌렸다.

"왜? 할 말 있어?"

남편을 보는 내 눈에 기대감이 어렸다.

"오늘 회식 있다는 걸 깜박했네. 많이 늦을 테니까 나
기다리지 말고 먼저 자라고."
"……잘 다녀와."

현관문 밖으로 남편이 사라지고, 나는 닫힌 현관문 앞
에 그대로 서 있었다. 등 뒤로 나를 바라보는 남자의 시선
이 느껴졌다. 나는 심호흡을 한 뒤 천천히 거실을 가로질
러 식탁 의자에 앉았다. 그리고 힐끗힐끗 훔쳐보던 시선
대신 남자를 똑바로 바라보았다. 남자가 착시가 아니라면
어떤 반응을 보이지 않을까 궁금했다. 그러나 남자는 여전
히 미소 띤 얼굴로 그저 나를 바라만 보았다. 민망할 정도
로 나를 두 눈에 담았다. 눈싸움을 하듯 미동도 없이 얼마

나 눈을 마주쳤을까. 먼저 눈길을 돌린 것은 나였다. 때마침 째미가 다가와 내 다리에 몸을 비비며 그르렁댔다. 나는 째미의 턱을 쓰다듬다가 지나가듯이 물었다.

"다리 안 아파요?"

왜 그런 말을 했는지 나조차 이해가 되지 않았다. 하지만 이왕 어렵게 말을 꺼낸 것 나는 조금 더 용기를 냈다. 뚫어지게 쳐다봐도 대답 없는 사람이니 말을 건네도 여전히 묵묵부답일지도 모르지만.

"이틀째 서 있는데 다리 안 아파요? 힘들면 소파에 가서 앉아도 돼요. ……내가 미쳤지. 말을 다 걸고…….."

예상처럼 대꾸 없는 남자를 보며 헛웃음을 지을 때였다. 마치 버퍼링이 걸린 컴퓨터 화면처럼 움찔대던 남자의 입이 열렸다.

"다리가 아프지는 않아요. 하지만 내가 여기 서 있는 게 불편하면 자리를 옮길게요."

"아……."

나도 모르게 신음이 입 밖으로 새어 나왔다. 예상에 어긋난 남자의 반응에 놀란 탓이었다. 아니, 처음 듣는데도 전혀 낯설지 않은 목소리 때문이었다. 남자의 목소리는 얼굴만큼이나 온화하면서도 또렷했다. 지난밤 내내 상상했던 그대로.

낯선 남자가 내게 말을 했다는 사실에 반가운 마음까지 생긴 것도 그래서였다. 심지어 내가 먼저 말을 건넬 때까지 내내 기다리고 있었는지도 모른다는 생각까지 들었다. 어쨌든 그가 말을 했다는 건, 이것 역시 이상하지만, 나로선 신기하고도 놀라운 일이었다. 물론 이런 내 감정을 드러내고 싶지는 않았다.

"네, 조금…… 불편해요. 일단 소파에 가서 앉으세요."

내 말에 머뭇거리던 남자가 마침내 냉장고 옆을 떠나 소파 한쪽 끄트머리에 조심스레 앉았다. 남자가 냉장고 옆에서 소파까지 걸음을 옮기는 동안, 나는 그의 움직임을 살폈다. 그건 마치 바람결에 날린 꽃잎 한 장이 살짝 내려앉는 느낌이었다. 무게감이 느껴지지 않는 남자의 모습은 사람들 눈에 보이지 않는 것만큼이나 무척 낯설었다.

내 옆에서 그르렁대던 쌔미가 그제야 제 자리를 찾았다는 듯 냉장고 옆으로 걸어가 앞발을 모으고 앉았다. 쌔미를 바라보던 나는 다시 남자를 바라보았다. 조금 더 말을 걸어 보고 싶은 마음이 생겼다.

그런데 무슨 말을 하지? 그냥 "당신은 누구세요?"라고 물어볼까? 하지만 어렵사리 대화를 시작한 이 순간을 그의 정체를 탐문하는 데 쓰고 싶지는 않았다. 문득 내 눈에만 보이는 이유에 대해 그 스스로 해답을 갖고 있지 않을까, 하는 생각이 들었다. 나는 조심스럽게 입을 열었다.

"당신은…… 내 눈에만 보이는 건가요? 정말 착시인가요?"

내 눈을 부드럽게 응시하던 남자가 웃으며 고개를 저었다.

"나는 당신이 보고 있는 사람입니다. 그리고 나 역시 당신을 보고 있죠. 분명한 것은, 당신이 나를 보고 있듯이 나도 당신을 보고 있다는 것입니다."

친절한 태도와 달리 남자의 대답은 불친절했다. 나는 남자의 말을 전혀 이해할 수 없었다. 보고 있다는 게 중요하다는 뜻인가?

"왜 내 눈에만 당신이 보이는 거죠? 다른 사람들은 왜 당신을 보지 못하죠?"

"그건 우리가 그렇게 설계돼 있기 때문입니다."

"설…… 계? 그게 무슨 뜻이죠?"

"차차 알게 되실 겁니다."

남자의 말에 한숨을 내쉴 뻔했다. 관객은 조금도 배려하지 않는 불친절한 영화를 두 시간 넘게 보고 나온 느낌이었다. 스트레스를 풀러 왔다가 뒤죽박죽 뒤엉킨 머릿속을 부여잡고 영화관을 빠져나온 듯했다.

하기야 당장 답을 알 필요는 없었다. 중요한 것은 대화를 시작했다는 것이니까. 솔직히 그와 이야기를 나누고 있다는 사실이 즐거웠다. 나는 그가 말을 해서 기뻤다. 생각지도 못한 말을 꺼낼 만큼.

"아침 먹어야 하는데…… 배 안 고파요?"

"괜찮습니다. 나는 배가 고프지 않습니다."

"이틀 동안 아무것도 드시지 않았잖아요. 그런데도 배가 안 고파요? 어떻게?"

"……당신을 보고 있기 때문이죠."

남자의 갑작스러운 말에 얼굴이 화끈 달아올랐다.

대화가 오간 이후, 그는 내게만 보이는 남자일 뿐 아니라, 나를 보고 있는 남자가 됐다. 나를 보고 있는 남자.

사랑하는 사람이 있나요?

낯선 남자가 집에 침입했는데 나를 빼고는 아무도 몰라본다면 어떻게 해야 할까? 대부분은 먼저 가족에게 하소연을 할 것이다. 내 눈에는 똑똑히 보이는데 왜 못 보는지 묻다가, 어느 순간 자기를 믿어 주지 않는 가족들에게 분통을 터트리지 않을까. 그리고 결국에는 스스로든 가족의 손에 이끌려서든 병원을 찾을 테고, 정신적인 문제라는 의사의 소견에 약 처방을 받든지 입원을 권유 받을 게 틀림없었다.

그러나 내 하루는 달라진 게 없었다. 적어도 겉으로 보기에는 아무것도 변하지 않았다. 남자가 내 눈에만 보인다는 것을 알게 된 나는 인터넷을 검색해 정신과 전문의 상담 코너에 사연을 올렸다. 결과는 예상대로였다. 환청과 환시는 조현병, 과거 정신 분열증이라 불리던 병의 대표적 의심 사례로 반드시 전문의의 진료가 필요하다는 것이었다.

'내가 정신병에 걸렸다고?'

나는 남자를 바라보았다. 저렇게 눈에 똑똑히 보이는데, 눈가의 잔주름도 훤히 보이는데 환시라고? 이런저런 이야기를 나눴는데 그게 다 환청이라고? 나는 고개를 저었다. 환시도 환청도 아니라는 확신이 들었다. 남편을 속이고 있다는 미안함을 가질 필요도 없었다. 사실은 계속 낯선 남자가 눈에 보이고, 이야기를 나누고 있다고 털어놓는 순간부터 모든 것이 어그러질 게 분명했다. 남편의 걱정이 시작될 테고, 내가 솔직하면 솔직할수록 남편은 나를 미친 사람 취급을 할 게 분명하니까!

나는 최대한 아무 일도 없다는 듯 행동했다. 내 유일한 동거인인 남편은 남자를 알아보지 못하니 나만 평범하게 행동하면 그만이었다. 다행히 나는 외부 활동이 거의 없는 생활을 하고 있었다. 남편의 성화로 월, 수, 금 오후 구민센터에서 받는 요가 수업을 빼면 마트에 장을 보러 가는 일이 외출의 전부였다. 나만 조심하면 아무 일도 없을 거였다.

그렇게 남편을 속이며, 세상을 속이며 낯선 남자와 며칠째 기묘한 동거를 지속할 때였다. 어느 순간 나는 내 안에 싹튼 뜻밖의 감정에 깜짝 놀라고 말았다. 남자와 이야기를 즐기는 나를 발견한 것이다. 낯선 남자라는 공포와 불안감이 조금씩 옅어지면서, 그 자리를 천천히 채우는 즐거움에 처음에는 스스로도 나 자신을 이해하지 못했다.

만약 누군가 나를 보았으면 어땠을까. 1인극을 멋들어지게 연습하는 연극배우이거나, 자기 세계에 빠져 헤어 나오지 못하는 정신 질환자 둘 중에 하나로 보지 않을까. 어느새 나는 10년간의 묵언 수행을 끝낸 수다쟁이처럼 남자에게 이야기하고 또 이야기하고 있었다.

나는 잠잘 때 쌔미를 침실에 안 들이면 밤새도록 문을

박박 긁어대면서 얼마나 투정을 부려대는지 투덜대고, 요가 시간에 어려운 동작을 소화하느라 어깨가 빠질 뻔했다든지, 마트에 평소 사고 싶던 물건이 들어왔는데 낱개 포장이 없어 마음이 아프다는 시시콜콜한 얘기들을 미주알고주알 늘어놓았다. 그렇게 바보처럼 수다를 떨다가도 흠칫 놀라 말을 멈췄다. 내가 지금 무슨 짓을 하고 있는지 어처구니가 없었기 때문이다. 그러다가도 금세 다시 수다를 쏟아 냈는데, 그 역시 남자 때문이었다.

남자는 정말 좋은 관객이었다. 남자는 때론 호탕하게 웃었고, 때론 온화한 표정으로, 때론 걱정스러운 얼굴로 내 말을 들어 줬다. 턱을 괴고 흥미로운 눈빛으로 귀를 기울였다. 나는 그가 나와의 대화를, 사실은 내가 일방적으로 얘기하고 있었지만, 무척이나 좋아하고 있다는 것을 확신했다. 당연한 일이었다. 그는 단 한순간도 내게서 눈길을 떼지 않았으니까.

남편은 여전히 남자의 존재를 알아채지 못했다. 그의 옆에 앉아 TV의 리모컨을 누르고, 입이 찢어질 듯 하품을 하고, 스스럼없이 코를 후볐다. 나는 남자와 남편을 한눈에 담으며 누구도 모르는 비밀을 손에 쥔 듯 짜릿했다. 조금씩 용기를 낸 것도 그래서였다. 남편이 있을 때조차 나는 혼잣말인 척 그에게 말을 걸었다.

"이불 없이 자면 안 추워요?"

침실로 들어가던 남편이 의아한 얼굴로 나를 돌아보았다.

"응? 무슨 말이야?"
"아니, 쌔미 말이야."

나는 별거 아니라는 듯 얼버무렸고, 잠시 뒤 자신을 향한 질문이라는 걸 알아챈 남자의 나직한 목소리가 들려왔다.

"나는 잠이 들지 않습니다. 온도도 느끼지 못하니 걱정하지 마세요."

나는 침실에 들어가며 작은 목소리로 "잘게요" 하고 속삭이며 가볍게 손을 흔들었다.

며칠 뒤 익숙한 일상이 되어 버린 그에게 물었다.

"우리 남편…… 어떤 것 같아요? 같은 남자가 보기에 어때 보여요?"

남자가 어떤 대답을 할지 궁금하던 내 귀에 짧은 목소리가 들려왔다.

"참 좋은 분인 것 같습니다."

나는 당연하다는 듯 고개를 끄덕였다.

"그래요, 좋은 사람이에요. 나는 다시 태어나도 우리 남편하고 결혼할 거 같아요. 꼭 그럴 거예요. 꼭."

나는 마치 잊었던 약속을 떠올리듯 단단히 다짐을 했다. 하지만 이상하게 짜증이 났다. 한참 동안 나를 살피던 남자가 물었다.

"······남편을 사랑하시죠?"
"물론이죠. 사랑하니까 결혼을 했죠."

심드렁하게 대꾸하던 나는 그의 뜬금없는 말에 흠칫 어깨를 떨었다.

"사랑하는 사람들끼리는 결혼하지 않는 세상이 더 나을지도 모릅니다."

내가 제대로 들은 게 맞느냐는 눈으로 바라보자 남자가 말을 이었다.

"결혼은 인간이 사유 재산의 상속을 위해 만들어 낸 제도입니다. 사랑하는 사람끼리 결혼을 한다면, 그건 제도에 사랑이 굴복하는 셈이죠."

"설령 그렇다 해도 결혼은 아이를 낳기 위해서도 필요해요. 결혼하지 않고 아이를 낳을 수는 없는 노릇이잖아요."

"생명은 부모가 결혼을 했든 안 했든 똑같이 소중한 것이죠. 그건 공동체가 책임질 문제입니다. 사랑의 결실로 태어난 아이에게 부모의 결혼 여부를 묻는 것은 미개한 짓입니다."

"당신 말은 얼핏 그럴듯하지만……."

남자의 논리에 당장이라도 반박할 말이 몇 가지나 떠올랐다. 남자의 말은 무책임하게 느껴지면서도, 거꾸로 생각하면 너무 많은 책임감이 느껴지기도 했다. 그러나 결혼에 대한 토론은 길게 이어지지 않았다. 나는 이미 결혼한 뒤였다. 뭐랄까. 질 게 빤한 게임을 계속 붙잡고 있는 느낌이었다. 하지만 가장 큰 이유는 이야기가 아이로 흘러가는 것 때문이었다. 먼저 아이 이야기를 꺼낸 건 나였으면서 얼른 화제를 바꾼 것도 그래서였다.

"사랑…… 당신도 누군가를 사랑하나요? 사랑하는 사람이 있나요?"

"네, 저도 사랑하는 사람이 있습니다."

남자의 스스럼없는 대답에 나는 숨이 막히는 느낌이었다.

"그, 그게 누구죠?"

내 조심스런 질문에 놀랍게도 남자는 한 치의 주저도 없이 말했다.

"당신, 입니다."

간절하면 때가 오고

나는 어이없는 얼굴로 남자를 바라보았다. 물론 마냥 기분이 나쁜 건 아니었다. 누군가로부터 나를 사랑한다는 말을 듣는다는 것은 어쨌든 가슴 설레는 일이니까. 하지만 이건 아니었다. 나는 엄연히 결혼한 여자였다. 남자가 착시이든 아니든, 그에게서 나를 사랑한다는 말을 듣는 건 용납할 수 없었다. 무엇보다 나는 남자에 대해 아무것도 모르고 있지 않은가. 나는 괜스레 부아가 치밀어 대뜸 물었다.

"언제나 말을 그렇게 쉽게 하나요?"

"쉽게 하는 게 아니라 마침내 하는 것입니다."

"마침내? 마침내가 그렇게 쉽나요?"

"간절하면 언젠가는 고백해야 할 순간이 반드시 찾아오고, 그때는 용감하게 말해야 하는 것입니다. 그래야 사랑입니다."

남자의 거침없는 고백을 들은 뒤, 우리는 다시 며칠 전으로 돌아갔다. 나는 남자에게 말을 걸지 않았다. 내가 먼저 말을 걸지 않으면 그는 절대 먼저 말을 걸어오지 않았다. 그는 오래도록 내 침묵을 지켜만 봤다.

대신 나는 스스로에게 끊임없이 질문을 던졌다. 저 남자가 나를 사랑한다고? 자기가 날 어떻게 안다고 사랑한다는 말을 할까? 갑자기 눈앞에 나타나 몇 번 이야기를 나눠 나를 조금 알게 됐다고 사랑한다는 말을 함부로 꺼내다니…… 게다가 버젓이 남편까지 있는 여자한테 그게 할 소리냐고. 남자가 사는 세상에서는 사랑이 그렇게 흔하디흔한가. 나는 온종일 거실과 주방, 베란다와 침실을 오가며 분주히 일을 했다. 한곳에 가만히 앉아 있기엔 그와 나 사이에 감도는 침묵이 낯설었다. 한없이 익숙하던 고요가 어느새 몸에 맞지 않는 옷처럼 어색했다.

내가 '사랑'이라는 단어가 들어간 고백을 들은 건 내 생애 세 번째였다.

첫 번째 고백은 대학 때 잠깐 사귀었던 같은 과 남학생이었다. '데이트의 정석'이라는 책이라도 있어서 사서 읽은 게 아닐까 싶을 만큼 그는 언제나 내게 깍듯이 매너를 지켰고, 늘 이런저런 선물을 준비했다.

나 역시 그가 싫지는 않았다. 그러나 딱히 좋지도 않았다. 훤칠한 키에 준수한 외모, 반듯한 심성까지 그는 누가 보아도 아주 괜찮은 남자였다. 하지만 뭐랄까. 그를 만나면 '연애는 이렇게 해야 한다'는 공식을 정해 놓고 절차를 충실하게 따르는 기분이었다.

그는 연애를 이론으로 정립한 뒤 나를 상대로 실습을 하고 있는 듯했다. 그래서 그가 어느 날 장미 꽃다발을 내밀며 속삭인 "사랑해"라는 고백은 내 가슴속으로 스며들지 않았다. 다음 날부터 나는 그의 연락을 받지 않았다.

내가 꿈꾸던 사랑의 시작은 그런 게 아니었다. 사랑은

기획되는 게 아니라 문득 찾아오는 것이었다. 충분한 교감을 나눈 뒤, 어설프기도 하고 엉뚱하기도 한 채로 상대와 나의 마음 안에 피어난 서로를 향한 간절함을 발견하는 과정이었다.

두 번째 사랑 고백은 지금의 남편으로부터 들었다. 만난 지 1년쯤 지났을 때였다. 남편은 내 손을 꼭 잡고 아주 오래 내 눈을 바라보다가 나직이 고백했다.

"나는 너를 아주 많이 아끼고 싶어. 아마 이런 게 사랑이라면, 나는 그 느낌에 사로잡혀 있다고 말해 주고 싶어."

남편의 고백은 직설적이지 않고 우회적이었지만 더 절절한 진심이 느껴졌다. 그제야 나는 내가 왜 대학 시절 남자 친구의 사랑 고백을 들은 뒤 오히려 피하게 되었는지 알 수 있었다. 그와 나 사이에는 서로에 대한 호감이 편안함으로, 편안함이 간절함으로 바뀌는 순간이 없었다. 나는 그것이 남자가 여자에게, 혹은 여자가 남자에게 '사랑'이라는 첫마디를 꺼낼 수 있는 시점이라고 믿었다. 남편은 그 순간 가장 필요한 말을 내게 건넸고, 나는 그 말을 받을 준비가 되어 있었던 것이다.

그런데 이 남자는 대체 뭔가. 준비가 되어 있고 아니고를 떠나, 호감이 편안함의 단계를 넘어 간절함으로 넘어갔는지 아닌지를 떠나, 그러니까 그 모든 고백의 조건을 떠나, 낯선 남자로부터 '사랑'이라는 단어를 듣는 게 타당하기라도 한 것인가.

물론 괴이하고도 불가해한 상황에서 발생한 일종의 해프닝으로 치부할 수도 있었다. 그럼에도 나는 말할 수 없는 복잡한 심경에 휩싸였다. 어쨌든 남자의 고백은 내가 살아오면서 단 한 번도 예상하지도 기대하지도 못한 사랑 고백이었다. 그것도 며칠 전 내 앞에 불쑥 나타난, 내게만 보이는 남자가 "간절했다"고 고백을 하다니.

"간절하면 언젠가 때가 오고, 그때가 오면 용감하게 말해야 하는 것입니다. 그래야 사랑입니다."

남자의 말이 이명처럼 끊임없이 귀를 울렸다. 당신은

도대체 누군데 나한테 간절해? 나를 얼마나 잘 안다고? 나를 얼마나 오랫동안 지켜봤다고?

남자를 향해 따져 물으려던 순간이었다. 도어락 비밀번호를 누르는 소리가 들렸다. 남편이었다.

나는 현관에서 신발도 벗지 않은 남편에게 달려갔다. 그리고 힘껏 안았다. 남편의 목에 팔을 두르고 다리로 허리를 감쌌다.

"자기야 사랑해!"

깜짝 놀란 남편이 엉거주춤 나를 부둥켜안았다.

"갑, 갑자기 왜 이래?"

나는 어리둥절해 하는 남편을 다짜고짜 침실로 잡아끌었다. 일부러 침실 문을 닫지 않은채 굶주린 짐승처럼 남편을 침대에 눕히고 바지를 벗기고 위에 올라탔다. 나는 남자의 사랑 고백을 거부하기 위해 몸부림쳤다. 내가 사랑하는 남자, 나를 사랑하는 남자, 그 사람은 지금 내가 안고 있는 이 사람뿐이라고!

나는 그날 밤 목이 쉬도록 교성을 질렀다. 씻지 않은 남편의 진한 살 냄새가 미치도록 나를 흥분시켰다. 하지만 뜨겁게 달아오를수록 내 몸 한구석에는 남자의 말이 화인처럼 새겨졌다. 나는 내 목소리를 들으며 거실에 앉아 있을 남자, 내게만 보이는 남자, 나를 보고 있는 남자를 의식하고 있었다.

남자가 사라져 버린다면

　은밀한 부부 관계까지 생중계한 밤이 지나고, 다음 날 아침 나는 남자를 보기가 민망해 눈을 둘 데가 없었다. 그러나 놀랍게도 남자는 아무 일 없다는 듯 나를 향해 여전히 미소를 짓고 있었다. 지난밤 보란 듯이 남편과 사랑을 나눴는데…… 아침 햇살만큼이나 환한 저 웃음의 의미는 무엇일까.

　'아니, 더는 생각하고 싶지 않아. 저 사람이 어떤 마음인지 왜 궁금해 해야 하는데?'

나는 애써 생각을 멈췄다. 고민할 때가 아니라 이제 그만 떠나 달라고, 내 눈앞에서 사라져 달라고 단호하게 말해야 할 때였다. 그러나 남편이 출근한 뒤, 나는 도망치듯 화장실로 숨어들었다. 네 진심은 뭐지? 거울에 비친 한심한 얼굴을 향해 묻고 또 물었다. 차가운 수돗물을 받아 얼굴을 적셔도 정신이 들지 않았다. 마치 고등학교 수학 시험 같았다. 수열 문제를 풀 때, 나는 답을 찾지 못하면 수의 행렬을 일일이 시험지 위에 적곤 했다. 그렇게 해서라도 정답을 찾아낸 적이 여러 번이었다. 지금이 꼭 그랬다. 머릿속에서 수들이 끝도 없이 나열되고 있었다. 수돗물 소리를 배경으로 수들의 행렬이 문장이 되었다. 저 예의 없는 남자에게 말을 해야 해. 당장 떠나 달라고 말해야 해. 나는 거울 속의 나를 향해 나지막하게, 그러나 또박또박 문장이 된 수의 행렬을 읊조렸다.

"이제 떠나 주세요. 이제 그만…… 떠나 주세요."

예행연습을 끝낸 나는 화장실 문을 힘껏 열어젖혔다.

성큼성큼 걸어가 남자 앞에 섰다. 하지만 단호한 몸짓뿐 선뜻 말이 나오지 않았다.

어서 말을 해! 당장 내 집에서 떠나 달라고 말을 하라고! 화장실에서 끊임없이 되뇌었던 말들을 목구멍 밖으로 끄집어내려 애쓸 때 남자가 먼저 말을 꺼냈다. 마치 기습을 당한 기분이었다.

"네?"

화장실에서의 다짐은 온데간데없고 내 입에서 나온 말이라곤 고작 그게 전부였다.

"사랑을 나누는 당신 목소리가…… 예뻤어요. 당신이 사랑을 나누는 게 기뻤어요."

머릿속이 하얘졌다. 이건 또 무슨 얘기지? 준비했던 말을 까마득하게 잊은 채 나는 그가 던진, 무슨 뜻인지 종잡을 수 없는 말을 이해하려 애썼다. 나를 사랑한다고 말해

놓고 내가 남편과 나눈 사랑이 예뻐 보였다고? 이게 어젯
밤 불 꺼진 깜깜한 거실에 홀로 앉아 내 신음 소리를 듣고
있었을 남자에게서 나올 얘기인가?

뒤통수를 맞은 기분이었다. 그런데 이상하게도 화가
나지 않았다. 화가 난다기보다 이해가 되지 않는다는 게
더 적당한 표현이었다. 나는 정말, 남자의 말을 이해할 수
없었다.

"……기뻤다고요?"

"네, 기뻤습니다."

어처구니없어 하는 내 목소리와 달리 그의 목소리에는
기쁨이 묻어났다.

"당신은 나를…… 나를 사랑한다면서요? 그런데 내가
남편하고 그러는 게 기뻤다고요?"

"당신을 사랑하기 때문에 기뻤습니다. 당신을 사랑하
기 때문에 당신이 사랑하는 것도 내겐 기쁨입니다."

지나치게 어이없는 상황에 마주치면 웃음이 나온다고 했던가. 바로 그 순간이 내겐 그랬다. 나는 정말로 배를 부여잡고 한참을 깔깔 웃었다. 그리고 겨우겨우 웃음을 삼키며 말을 꺼냈다.

"그러니까, 당신은 예수님 같은 분인가요? 혹시 신은 아니겠죠? 아하! 나를 사랑한다는 게 인류애로서 사랑한다는 뜻이었군요. 이제 오해가 좀 풀리는 것 같네요. 실례지만 종교가 기독교? 아니지, 하나님도 이웃의 아내는 탐하지 말라고 경고하시지 않았나?"

내 두서없는 비아냥거림에도 남자의 기쁜 표정은 바뀌지 않았다.

"내가 있는 곳에서 신은 존재하지 않습니다. 신은 인간이 만들어 낸 투영물에 불과합니다. 자연에 대한 두려움, 유한성에 대한 두려움 때문에 신을 만들어 낸 것이죠. 종교란 인간이 위안을 얻기 위한 인공물에 불과합니다. 그리고 종교의 외피를 두른 수많은 폭력들이 자행됐죠. 그동안 수많은 사람들이 믿음과 신의 이름으로 죽임을 당했습니다."

나는 그의 말을 가로챘다.

"지금 당신의 종교관을 듣자고 하는 건 아니잖아요. 그럼 당신은 나를 도대체 왜 사랑하는데요?"
"나는 당신을 연인으로서 사랑합니다."
"지금 뭐라고 그랬어요? 연인이라고 그랬어요?"
"네, 연인."

하도 어이없는 상황이 계속되니 이제는 남자의 말이 익숙해질 지경이었다.

"남편 있는 여자를 버젓이 연인이라고 부르고, 그 여자가 남편과 성관계를 갖는 게 기쁘다? 그런 사랑을 당신이 있었던 곳에서는, 당신이 어디서 왔는지 모르겠지만, 아무튼 당신이 속한 세상에서는 그런 걸 사랑이라고 부르나 보죠?"

"이해가 되지 않는 것도 무리는 아닙니다. 하지만 나는 당신이 지금 존재하고 있고, 존재로서의 희열, 그러니까 사랑을 함으로써 당신의 존재를 풍요롭게 만들고 있는 게 기쁘다고 얘기하고 있는 것입니다. 나는 당신의 남편을 존중하고, 당신에게 잘하는 남편 분께 감사합니다. 그리고 그런 남편과 진심으로 사랑하는 당신의 모습이 정말 어여쁩니다."

나는 더 이상 대꾸할 수가 없었다. 남자의 사랑론에 수긍하기도 어렵거니와 머릿속의 혼란이 더 커졌기 때문이다. 결국 나는 그에게 그만 떠나 달라는 말을 꺼내지도 못했다. 긴 침묵이 흘렀다. 이번에는 내가 먼저 입을 열었다.

"당신은 내가 보는 환각이 분명해요. 당신처럼 생각하는 사람은 이 세상에 존재하지 않으니까요."

"말씀 드린 대로 나는 환각이 아니라, 지금 당신 앞에 실재합니다. 나는 당신을 보고 있고, 당신을 사랑하는 사람입니다."

갑자기 참을 수 없을 만큼 화가 치밀었다.

"그놈의 사랑 타령 좀 제발 그만해요! 당신이 왜 나를 사랑하는지 나는 도저히 이해할 수 없으니까. 어느 날 난데없이 내 앞에 나타나서는, 그것도 다른 사람 눈에는 보이지도 않는 남자가 나를 사랑한다는데, 당신이라면 어떤 생각이 들겠어요? 와, 기분 좋다. 나를 사랑하는 남자가 있네, 게다가 내 눈에만 보이는 은밀한 남자이니 너무 짜릿하고 좋다, 그렇게 생각하겠어요? 아이고, 저를 사랑해 주셔서 정말 감사합니다. 그럼 저도 이제부터 당신을 사랑하겠습니다. 제가 그럴 거라고 기대했어요?"

나는 남자를 향해 말을 쏟아 내고는 숨을 골랐다.

"당신 때문에 내 머릿속이 어떤지나 알아요? 엉켜 버린

실타래 같다고요! 결정적인 건 당신이 나를 사랑하는 건
자유인데, 나는 그런 감정이 없다는 거예요. 당신은 그냥
유령 같은 사람이라고요. 그런데 내가 어떻게 당신을 사랑
할 수 있겠어요."

남자는 어깨를 들썩이는 나를 안쓰럽게 바라보았다.

"알아요. 당신의 혼란을 이해합니다. 하지만 나를 사랑
해 달라고 말할 생각은 없습니다. 나는 다만 당신이 이 상
황에 조금만 더 익숙해지기를 바랄 뿐입니다. 그밖에 다른
기대는 없습니다. 때가 되면……."

"때가 되면?"

"이 세상에 어느 것도 영원하지 않듯 이 상황도 끝이
날 것입니다. 당신은 당신의 평온한 일상으로 돌아가고,
나는 당신 앞에서 사라질 겁니다. 오래 걸리지 않을 테니
부디 그때까지만 당신 옆에 있도록 허락해 주기만을 기대
할 뿐입니다."

그 순간, 나는 흠칫 놀랐다. 정작 남자가 내 눈앞에서 사라질 거라는 생각은 전혀 못했기 때문이다. 그만 떠나 달라고 부탁하려고 했으면서. 이상한 일이었다. 낯선 존재가 나타나 내 일상에 침입했는데, 그가 사라질 수도 있다는 것을 한 번도 생각한 적이 없다는 것이. 그리고 만약 지금의 상황이 끝이 난다면, 그러니까 소파에 얌전히 앉아 있는 저 남자가 사라져 버린다면, 어떤 심정이 될까에 대해서도. 우스운 비교이지만, 나는 쌔미가 이 세상에서 없어진 상황을 한 번도 상상해 본 적이 없었다. 지금 이 남자에 대해서도 마찬가지였던 것이다. 어느새, 어느새 말이다.

침묵이 흐르는 동안 은행나무가 거실 안으로 조금씩 그림자를 드리우고 있었다. 그때 남자가 벽시계를 가리키며 말했다.

"요가 수업…… 늦었네요."

나는 다시 이마를 부여잡았다.

행로답

　– 야근이야. 먼저 저녁 먹어.

　나는 남편에게서 온 문자 메시지를 물끄러미 읽고 또 읽었다. 어제도 엊그제도 남편은 야근이었다. 요즘은 일주일에 이삼일은 자정이 넘은 뒤 돌아오고 있었다.

　"맨날 혼자 바쁜 척은…… 당신 없으면 그 회사 망하겠네."

　남편에게 투정을 부리듯 중얼대며 힐끗 소파 쪽을 돌

아보았다. 남자는 여전히 소파에 다소곳이 앉아 나를 바라
보고 있었다.

"후우……."

나도 모르게 한숨이 새어 나왔다. 작은 수족관 속의 금
붕어가 된 기분이었다.

이틀 전 남자의 갑작스런 사랑 고백을 들은 뒤 집 안에
는 무거운 공기가 가득했다. 크게 숨을 쉬어도 속이 답답
했다. 주방을 서성이던 나는 드레스룸에서 가벼운 외투를
꺼내 들었다. 답답한 분위기에서 벗어나고 싶었다. 생각해
보니 아침에 먹은 토스트 한 조각을 빼고 아무것도 먹지
않은 상태였다. 마트에 들러 찬거리도 살 겸 간단하게 저
녁을 해결할 생각이었다.

현관문을 열던 나는 발걸음을 멈추고 뒤를 돌아보았
다. 문득 한 가지 궁금증이 들었다. 내가 집을 비우는 동
안 남자는 뭘 하고 있을까. 쌔미야 혼자서도 잘 놀지만 남
자는 고양이가 아니지 않은가. 혹시…… 심심하거나 외롭

지는 않을까.

"……같이 갈래요?"

내 말에 남자가 어린아이처럼 해맑게 웃으며 고개를
끄덕였다.

"집 밖으로 나갈 수 있어요? 갑자기 휙 사라지거나 그
러는 건 아니죠?"

"그럴 리가요. 같이 가는 게 괜찮으시다면 나로선 행복
한 일이죠."

결국 나는 남자와 함께 외출을 했다. 그리고 남자의 모
습에 다시 한 번 놀라고 말았다. 남자는 마치 처음으로 세
상 나들이를 나온 애완동물 같았다. 도로를 달리는 차들을
보며 감탄사를 터뜨리고, 하교하는 학생들의 교복 입은 모
습을 보면서는 이해할 수 없다는 듯 고개를 내저었다. 단
지 안의 놀이터 앞에서는 한참을 떠나지 못했다. 그네를

밀고, 미끄럼틀을 타며 뛰어노는 아이들을 보는 얼굴에는 흐뭇한 미소가 떠나질 않았다. 아이가 행여 다치기라도 할까 눈을 떼지 못하는 엄마들을 바라보는 눈빛에는 무언가 아련한 느낌이 가득했다. 그 덕에 아파트 단지에서 한 블록 떨어진 대형 마트까지 가는 길은 평소보다 훨씬 더 오래 걸렸다.

"이렇게 많은 물건들이 한곳에 있다니 정말 놀랍네요!"

대형 마트에 들어선 남자는 신세계를 발견한 듯 눈을 반짝였다. 내가 커다란 철제 카트를 밀며 앞으로 나아가면 그는 내 옆에 바짝 붙어 질문을 쏟아 냈다.

"이 큰 수레에 물건을 가득 싣는 건가요?"
"아뇨. 카트가 편해서요. 살림살이가 큰 분들은 한꺼번에 많이 구입하지만, 저야 매일 오니까 하루 먹을 분량만 사도 돼요."
"오늘은 뭘 살 생각이신가요?"

"글쎄요. 우유도 사고, 키친타월도 떨어졌고…… 조금
만 사면 될 것 같네요."

남자가 고개를 갸우뚱대며 뒷머리를 긁적였다.

"왜요? 문제 있어요?"
"그 정도는 단지 안에 있는 작은 슈퍼마켓에서도 팔지
않을까 해서요. 굳이 이곳까지 올 필요가 있나요?"
"그냥… 탁 트인 분위기도 좋고, 분주한 느낌도 좋
고…… 저녁도 간단하게 해결할 수 있잖아요."

당신 때문에 숨을 쉬기가 힘들어 일부러라도 나오고
싶었다는 말은 차마 하지 못했다.

"남편 분과는 자주 마트에 오시나요?"
"남편은 마트에 오는 거 싫어해요. 카트 밀고 있는 남
자들 궁상맞아 보인다나."

나는 생각 없이 이야기를 꺼내다가 남자에게 남편 흉을 본 게 아닌지 속으로 뜨끔했다.

"그렇죠. 누구나 취향이란 게 있으니까요."

남자의 심상한 반응에 나는 안심한 얼굴로 카트에 우유를 담았다. 그리고 필요한 물건을 구입하며 남자와 이야기를 나눴다. 몇몇 사람들이 나를 이상한 눈으로 바라보았지만 개의치 않았다. 어차피 남자는 보이지 않으니까 나 혼자 중얼대는 것쯤으로 보일 거였다. 쇼핑을 끝내고는 마트 한편의 푸드 코트에 들러 카레 돈가스를 시켰다. 남자는 밥을 먹지 않는다고 했으니, 나만 혼자 먹었다. 내가 돈가스를 잘라 입에 넣고 오물거릴 때마다 남자의 눈에서는 사랑스런 빛이 흘러넘쳤다.

"그만 좀 쳐다보면 안 돼요? 밥 먹을 때 그렇게 보는 것도 실례예요."
"죄송합니다. 그런데 너무 예뻐서 자꾸만 보고 싶은 걸어쩝니까?"

얄미운 남자에게 눈을 흘기던 나는 갑자기 떠오른 생각에 포크를 내려놓았다. 남편과 웃으며 밥을 먹은 게 언제인지 생각이 나지 않았다.

"왜요? 아직 많이 남았는데?"

"많이 먹었어요. ……그런데 어째서 당신은 밥을 안 먹고도 버틸 수 있죠?"

"말했잖아요. 당신을 보고 있기 때문이라고."

"하…… 도무지 내 상식으로는 이해가 안 가네요. 하긴 당신이란 존재가 핵노답이니."

"행로답? 행로난이 아닌가요?"

"행로난? 그건 또 뭐죠?"

내 반문에 남자의 얼굴에 웃음꽃이 피었다. 내게 무언가를 이야기해 줄 수 있다는 것에 만족감을 느낀 듯했다.

"행로난(行路難)은 중국의 시성이라고 불리는 이백의 시예요. 한자 뜻풀이대로 가는 길이 어렵다, 인생살이가 힘들다는 뜻이죠."

남자의 설명을 듣던 나는 피식 웃고 말았다.

"재밌네요. 행로난, 핵노답 둘 다 뜻이 비슷하잖아요. 어쨌든 답이 안 나온다, 그런 뜻?"
"하하하, 그러네요. ……어감이 재밌네요."

남자는 장난스럽게 그 말을 천천히 곱씹었다.

"행. 로. 답."

음절 단위로 말하니 그가 잘못 이해했음을 알게 되었다. 그래서 교정을 해 주었다.

"핵. 노. 답."

"행. 로. 답."

웃음이 터졌다. 하긴 핵노답도 표준어가 아닌걸.

"그래요, 행로답으로 하고 싶으면 그렇게 해요."
"행로답, 행로답. 예쁘네요. 말이."

남자가 귀엽다는 생각이 든 것은 그때가 처음이었다.

노을

마트에서 나온 우리는 함께 집을 향해 걷기 시작했다. 나는 남자가 눈치 못 채게 앞만 보고 걸음을 옮겼다. 참으려고 해도 피식피식 웃음이 나와 입술을 깨물었다. 내 속도에 맞추려 노력하는 남자의 우스꽝스런 걸음걸이 때문이었다. 몸에 밴 익숙한 속도와 익숙한 몸짓에 자꾸만 어긋나 멈칫대면서도 상대방의 속도에 자신을 맞추려 애쓰는 모습. 그 누구도 아닌 나를 위해 자신의 속도를 맞추려 노력하는 사람이 있다는 느낌에 가슴이 부풀어 올랐다.

남자와 나 사이의 거리는 그가 우리 집에 나타난 뒤로

가장 가까운 거리였다. 바람에 실려 날아온 냄새인지, 아카시아 꽃향기 비슷한 냄새가 은은하게 그의 주위를 맴돌았다. 그때 남자가 멈춰 서더니 뭔가에 홀린 듯 서쪽 하늘을 바라보았다.

"뭘 보고 있어요?"

"……하늘이요. 노을이 참 아름다워요."

"저녁노을 처음 봐요?"

"아니요. 아주 많이 봤죠. 하지만 당신과 함께 보는 노을은 정말 오랜만…… 미, 미안합니다."

나는 당황한 남자의 말꼬리를 붙잡았다.

"지금 오랜만이라고 하셨어요? 그게 무슨 뜻이죠?"

"아, 아닙니다. 잘, 잘못 말했습니다."

나는 손사래를 치는 남자에게 무슨 말이냐고 재촉하려고 했다. 하지만 남자를 보고는 그만 입을 다물고 말았다.

남자의 눈가가 촉촉이 젖어 있었다. 너무 슬퍼 보이는 눈이라 가만히 지켜볼 수밖에 없었다. 그 순간 갑자기 남자가 진짜 사람이라는 생각이 들었다. 남자는 내게만 보이지만, 세상 모두는 헛것이라 말하겠지만, 내게는 분명 사람이었다.

내 눈에 보이고, 나와 함께 웃고 떠들고, 그리고 저녁 노을을 보며 울 수 있는데…… 그게 사람이 아니면 무엇일까.

나는 두근거리는 마음으로 조금 더 그에게 다가가려 했다. 지금보다 가까운 곳에서 함께 걸어도 좋을 것 같았다. 그러면 그에게서 나는 달콤한 향기도 더 진해지겠지. 하지만 나는 발걸음을 멈출 수밖에 없었다.

낯익은 차가 우리 옆을 스쳐 지나갔다. 번호판의 숫자가 익숙했다. 남편의 차였다. 길가에 서 있는 나를 보지 못했는지 차는 속력을 줄이지 않은 채 사거리에서 좌회전을 했다.

"미안해요. 제가 주책이죠? ……이제 갈까요?"

나는 눈가를 훔치는 남자를 돌아보았다.

"먼저 집에 돌아갈 수 있나요?"

"아뇨, 저는 당신 옆에서만 존재할 수 있는데…… 무슨 일이죠?"

나는 말없이 아파트 단지로 들어가는 대신 횡단보도를 건너 남편 차가 사라진 골목으로 걸음을 옮겼다.

"우리 어디로 가는 건가요?"

남자의 질문을 한 귀로 흘리고 나는 사차선 도로를 마주하고 늘어선 건물 사이사이를 살폈다. 주차된 차들을 일일이 훑으며 남편의 차를 찾았다. 지하 주차장으로 들어갔다면 찾을 수 없겠지만, 다행히 얼마 못 가 한 상가 건물 옥외 주차장에 서 있는 차가 보였다. 나는 길가에 멈춰 선 채 스마트폰을 꺼냈다.

— 저녁 먹는 중이야? 일 많아도 저녁 꼭 챙겨 먹어.

남편에게 문자 메시지를 보내자마자 답장이 돌아왔다.

— 직원들이랑 회사 앞에서 먹고 있어.

나는 고개를 꺾어 8층 건물 벽에 다닥다닥 붙은 상호들을 훑었다. 그중에 일식 전문점 간판이 눈에 띄었다. 건물로 들어가 엘리베이터를 타고 5층 버튼을 눌렀다. 남자가 나를 따라 올라탔다. 다다미방으로 구분된 일식집은 한눈에 보기에도 음식 값이 꽤 비싼 곳이었다. 나는 정장 차림의 여종업원에게 미소를 지으며 정중히 물었다.

"조금 전 들어온 남자 손님 몇 번 방이죠? 일행이거든요."

내 친근한 말투에 종업원이 의심 없이 호실을 말해 주었다. 나는 직접 안내를 하려는 종업원에게 괜찮다고 손짓하고는 7번 호실로 다가갔다. 문 앞에 백화점에서 생일 선

물로 큰맘 먹고 구입한 남편의 구두와 퇴행성 관절염을 앓는 노인들을 위한 기능성 신발이 가지런히 놓여 있었다. 기능성 신발도 내가 직접 구입한 것이었다.

"……엄마도 참. 괜찮다니까 글쎄. ……그 사람 입장도 생각 좀 해 주셔야죠. ……집에 오고 싶겠어요? 오늘 드시고 싶은 거 마음껏 드세요."

군이 귀를 기울일 필요도 없었다. 남편의 차가 사거리를 좌회전해 골목으로 들어온 순간, 남편이 누구를 만날지 짐작했었다. 골목을 조금 더 걸어가면 오래된 아파트 단지가 하나 있었다. 시어머니와 시동생이 살고 있는. 무슨 기대를 하고 기어코 여기까지 쫓아왔는지 스스로가 너무 한심스러웠다.

"……봐라. 벌써 일주일이 넘게 전화 한 통을 안 하잖니. 내가 예뻐해 줄래도 예뻐해 줄 수가 없다니까. 손주 한 명 못 낳는 애가 뭐가 잘났다고 빳빳이 고개나 들고…… 아무튼 배운 거 없는 애들이……."

"거참, 그렇다고 결혼 물려요? 재미없는 얘기 그만하고 우리 오랜만에 맛있는 거 먹어요. 응? 엄마 아들, 올해 잘하면 승진할 거 같다니까."

"어머, 진짜야? 아이고 우리 아들……."

남자가 미소를 지으며 고개를 저었다. 그만 돌아가자는 뜻이었다. 눈가를 훔치며 나도 따라 웃었다.

당신은 ... 사람이군요

집으로 돌아온 나는 식탁 의자에 앉아 멍하니 창밖을 바라보았다. 해가 진 거리에 땅거미가 내려앉고 있었다.

"⋯⋯남편이 또 승진할지도 모른대요. 이번에 승진하면 차를 바꾸려나. 아니면 더 넓은 집으로 이사 갈지도 모르겠네요. 미리 말했으면 축하해 줄 텐데 바보같이⋯⋯ 그런데 남편이 커질수록, 남편이 가진 게 많아질수록 왜 나는 자꾸만 작아지는 것 같죠? 차도 좋아지고, 집도 커지고, 냉장고, TV도 비싸지는데⋯⋯ 왜 나는 내 게 사라지는 기분이 들까요? 이러다가는 나도 사라질 것 같은 기분이 드는 것은 왜죠?"

남자가 걱정스런 눈으로 나를 바라보았다. 처음이었다. 그의 눈에서 사랑이 아닌 안쓰러움이 느껴진 것은. 문득 어색하고 불편해도 내게 보폭을 맞추려 애쓰던 남자의 걸음걸이가 떠올랐다. 사랑은 그런 게 아닐까. 함께 속도를 맞춰 나가는 것. 함께 살아간다는 것은 그런 것이 아닐까.

나는 식탁 의자에서 일어나 소파로 다가갔다. 그리고 처음으로 남자 옆에 앉았다. 나는 남자가 나타난 이후로 언제나 소파 대신 식탁 의자에 앉았다. 식탁 의자는 그와 나 사이에 적당한 간격을 유지해 주었고, 무엇보다 그를 바라보기 좋은 장소였다. 그러나 그날만큼은 그의 옆에 앉았다. 남자의 얼굴이 발갛게 물들었다. 창밖으로는 노을이 다 졌는데, 남자의 얼굴에서는 이제 막 노을이 시작되고 있었다.

"내 눈에만 보이지만 당신은 환각이 아니라 실재라고

했잖아요. ……그런데 나는 남편에게도 시어머니에게도 다 보이는데 왜 실재가 아닌 것 같죠? 나는 진짜 여기 있는데 왜 내가 없는 것처럼 느껴질까요……."

나는 남자의 대답을 기다리지 않고 말을 이었다.

"당신이 실재라면, 내 눈에만 보이는 게 전부가 아니라 실제로 형체를 지니고 있다는 얘기잖아요."
"네, 그렇습니다."
"온도를 느끼지 않는다고 했는데, 체온 같은 건 없나요?"
"당신이 느끼면 있습니다."
"그게 무슨 말이에요?"
"형체도, 체온도, 당신이 느끼고 싶으면 존재합니다."

나는 눈을 반짝이며 그에게 바짝 다가앉았다.

"내가 원하면 당신을, 당신을 만질 수 있다는 뜻인가요? 당신을 느낄 수 있다는 뜻인가요?"

남자가 내 눈을 들여다보며 고개를 끄덕였다. 나는 그의 대답에 조심스레 남자의 뺨에 손끝을 댔다. 따뜻한 체온에 화들짝 놀라 손을 뗐지만, 용기를 내 그의 얼굴을 부드럽게 감쌌다. 거친 피부 아래로 단단한 뼈의 질감이 고스란히 느껴졌다. 각진 턱선이 믿음직스러웠다.

"당신은…… 진짜 사람이네요."

내 손길에 바짝 얼어 있던 남자가 지난번 내게 건넸던 말을 반복했다.

"나는 당신이 보고 있는 사람입니다. 그리고 나 역시 당신을 보고 있죠. 분명한 것은, 당신이 나를 보듯이 나도 당신을 보고 있다는 것입니다."

잠시 뒤 나는 그와 함께 침대에 나란히 누웠다. 어떻게 남자를 침대까지 이끌었는지는 기억나지도 않고 기억하고 싶지도 않다. 아마도 내 이성이 허용하기에는 너무 민망한 일이라 선택적 망각의 늪으로 기억을 던져 버렸는지도 모른다. 아니면 우리 둘 다 아무 말 없이 침실로 같이 들어오게 된 것일까?

그 질문에 대한 답이 절박하다면, 그날 저녁 나의 행동에 대해 내가 후회를 하고 있다는 증거일 것이다. 하지만 나는 어째서 우리 둘이 한 침대에 눕게 되었는지, 그 이유가 전혀 중요하지 않았다. 분명한 것은 내 손에 닿은 그의 온기를 좀 더 느끼고 싶었다는 것뿐이다. 그냥 그러고 싶었다는 것만큼은 또렷이 기억할 수 있다.

남자는 침대 안쪽에 똑바로 누웠다. 나는 그의 오른쪽 어깨에 얼굴을 묻었다. 포근한 기운이 온몸으로 퍼져 나갔다. 여전히 그는 낯선 남자였지만 나는 더없는 편안함을 느꼈다. 나도 모르게 잠이 든 것도 그 때문이었다. 나는 모처럼 깊은 잠을 잤다. 눈을 떴을 때는 시간이 얼마나 흘렀는지 가늠이 되지 않았다. 나는 여전히 그의 어깨에 이마를 대고 모로 누워 있었다. 내 오른손은 여전히 남자의 손을 잡고 있었다.

그때 등 뒤에서 익숙한 기척이 느껴졌다. 남편이 아침

에 입고 나간 옷차림 그대로 누워 자고 있었다. 독한 술 냄새가 났다.

"……안아 줘요."

나는 남편을 피해 남자의 품속으로 깊게 파고들었다. 나는 아주 오래 그렇게 누워 있었다.

남자에게 없는 것

남자가 내 앞에 나타난 지 어느새 한 달이 다 되어 간다. 요즘 나는 남자와 함께 매일 외출을 한다. 그날그날 필요한 물건을 메모지에 적어 마트에 가던 게 버릇이었지만, 그와 함께하면서 즉흥 쇼핑을 즐기게 됐다.

"이게 뭐죠? 신기하게 생겼네요."

남자가 호기심 어린 눈으로 물건을 가리키면, 나는 용도를 설명하고는 냉큼 카트에 집어넣었다. 필요 없는 물건도 있었지만 그가 호기심을 드러내는 물건들이 괜히 좋았다. 그리고 그걸 집 안에 차곡차곡 쌓아 두는 일도. 남편은 베란다에 쓸데없는 물건들이 하나둘 쌓여 가도 관심이 없었다. 아니면 관심을 둘 만큼 시간이 없거나.

"당신이 운동하는 모습을 보고 싶어요."

끈질긴 부탁에 나는 요가 수업에도 남자를 데려갔다. 그리고 끝까지 거절하지 못한 나를 저주했다. 몸에 달라붙는 요가복을 입은 내 민망한 모습을 남자가 보고 있다는 생각에 얼굴이 화끈거렸다. 몸 구석구석이 간지럽고 뜨겁게 달아올랐다. 심장 소리가 너무 커서 옆 수강생에게 들릴지도 모른다는 걱정을 하며 나는 남자를 째려보았다. 하지만 남자는 언제나처럼 미소를 품은 채 내가 하는 동작 하나하나를 유심히 살폈다. 그리고 요가 수업을 마치고 밖으로 나오며 지나가듯 말했다.

"고양이를 키우셔서 그런가, 고양이 자세는 참 잘하시

네요."

"내, 내일부터는 절대 따라오지 말아요!"

"하하하!"

뜨겁던 여름이 끝나가고 있었다. 낮이 하루가 다르게 짧아졌고, 거실로 스며드는 빛은 빨갛게 익어 가는 홍시처럼 더 짙어지고 영롱해졌다.

남자는 저녁이 되면 베란다 밖을 하염없이 바라보았다. 그는 저녁노을을 무척이나 좋아했다. 나는 붉은 노을빛에 물든 그의 얼굴을 좋아했다. 창밖을 바라보다가도 내가 말을 걸면 남자는 고개를 돌려 내 얘기에 귀를 기울였다. 어느 오후, 나는 그의 팔을 붙잡고 보챘다.

"우리 호수에 갈래요?"

"호수요?"

"여기서 가까워요. 요즘은 통 못 갔는데 예전엔 자주 산책을 갔거든요. 아, 어제 마트에서 산 스파클링 와인 챙겨 가요. 호숫가에서 마시면 정말 맛있을 거예요."

"혹시 그래서 와인 산 겁니까?"

"뭐래? 아니거든요!"

나는 콧노래를 흥얼거리며 나들이 준비를 했다. 아이스박스에 얼음을 채우고 와인을 담았다. 주둥이가 좁은 샴페인잔 두 개를 깨지지 않게 챙기고, 싱싱한 포도와 수박 화채를 만들었다.

무더운 날씨 탓인지 호수에는 사람들이 거의 눈에 띄지 않았다. 우리는 호숫가를 천천히 한 바퀴 거닐었다. 살짝 발이 아플 무렵 주위를 살피던 남자가 한곳을 가리켰다.

"저 나무 어때요? 그늘도 짙고, 저곳에 자리를 잡는 게 좋겠어요."

나는 그가 가리킨 나무를 보며 웃음을 지었다. 남편과 함께 올 때마다 잠시 쉬어 가던 나무였기 때문이다.

우리는 자리를 깔고 준비해 온 와인과 잔을 꺼냈다. 별

다른 대화 없이 건배를 하고 달콤 쌉싸름한 와인을 들이켰다. 과일에는 거의 손을 대지 않았다. 안주는 늦여름의 선선한 바람만으로도 충분했다.

"아, 정말 좋다~!"

나는 모처럼 더없는 충만감을 느꼈다. 추억이 쌓인 장소에 오랜만에 왔기 때문인지, 아니면 내 일상의 일부가 돼 버린 남자와 함께여서인지 확신할 수는 없었다. 어쨌든 그 순간만큼은 빼고 더할 그 무엇도 필요 없는, 완벽하게 행복한 순간이었다. 그런 순간이 내 인생에서 몇 번이나 있었을까 싶을 만큼.

나는 자리에서 일어나 호수를 조성하면서 만든 작고 낮은 언덕으로 올라갔다. 풀밭 위에 드러눕자 남자가 내 옆으로 다가와 함께 누웠다. 남자의 체취, 아카시아 향이 코끝을 은은히 물들였다. 나는 손을 뻗었다. 남자가 내 손을 잡았다. 오랫동안 하늘을 올려다보던 내가 물었다.

"당신이 속해 있던 세상에서도 이런 풍경이 보이나요?"

"아마도요."

나는 남자의 모호한 대답에 입을 삐죽였다.

"피, 또 얼렁뚱땅 넘어가려고요?"

"풍경이란 건, 그러니까 아름다움이란 건, 누구와 함께 보느냐에 따라 아주 다르거든요. 아마도 어느 시절에는 나도 이런 비슷한 풍경에 지금처럼 감탄하던 때가 있었던 것 같아요."

나는 남자의 눈에 담긴 하늘을 들여다보았다. 느릿느릿 흘러가는 구름들이 붉은빛으로 물들고 있었다. 남자가 가장 좋아하는 시간이었다. 그리고 저녁노을 속으로 내가 보였다. 남자의 안에 내가 있었다.

"말해 봐요. 여기에도 있고 당신의 세상에도 있는 거."

"음…… 많죠. 당신이 늘 듣는 브란덴부르크 협주곡도

있어요."

"바흐를 알아요?"

"하하하, 당연하죠. 바흐의 음악은 시공간을 뛰어넘는 예술이잖아요."

"난 또 그쪽이 행성 B612에서 온 줄 알았죠."

"흐음, 이거 영광이네요. 나를 어린 왕자로 생각하다니."

"아니죠. 늙은 왕자죠. 큭큭큭."

나는 숨죽여 웃으며 손을 뻗어 남자의 눈가를 어지럽히는 앞머리를 정리해 줬다.

"그리고 또 누구 알아요?"

"키스 자렛."

"들어 본 거 같아요. 재즈 피아니스트 맞죠?"

"맞아요. 클래식이죠."

"당신이 있는 곳에는 재즈가 클래식이에요?"

"클래식이죠. 힙합도."

"우와, 힙합이 클래식?"

"에미넴은 바흐와 동격이에요."

"신기하다. 그럼 이번엔 여기에는 있지만 당신의 세상에 없는 건 뭐예요?"

"음…… 많죠. 일단 내가 속한 세상에는 마트가 없어요."

"아, 그래서 마트에 갈 때마다 눈이 초롱초롱했군요. 그럼 물건은 어디서 사요?"

"그냥…… 와요."

"어디서?"

"오기로 한 데서."

"대답도 참 신기하게 하시네. 그리고 또, 또 뭐가 없어요?"

"결혼이 없어요. 그리고 종교도 없어요."

"흥, 그럴 거 같았어요. 그럼 당신한테 없는 건 뭐예요?"

잠시 주춤대던 그가 마른침을 삼키며 낮은 목소리로 말했다.

"내게는…… 당신이 없죠."

신기했다. 남자의 크고 투명한 눈망울에 금세 물기가 차올랐다. 나는 천천히 그의 눈에 입을 맞췄다. 짭조름한 눈물을 입술로 훔쳤다. 그가 우는 게 보기 싫었다. 나는 그의 감긴 눈을 보았다. 그의 얼굴을 보고 또 보았다. 내가 가진 시각과 촉각, 후각, 미각, 내 모든 감각으로 그를 확인하고 싶었다.

어떤 행동은 논리로는 설명이 되지 않는다. 저도 모르게 몸이 움직일 때가 있다면 바로 그 순간이 그랬다. 내가 왜 그의 눈물을 훔치고 입술을 훔쳤는지 그 어떤 것으로도 설명할 수 없다. 나는 그냥 그렇게 행했을 뿐이다. 아니, 어쩌면 그의 대답을 기대하고 질문을 했었는지도.

길디긴 키스가 끝나고 나는 다시 하늘을 향해 드러누웠다. 짧지도 길지도 않은, 감탄인지 신음인지 모를 소리가 새어 나왔다.

"아!"

폐에 가득 공기를 모아 한 번 더 길게 토해 냈다.

"아~~~!"

그리고 또박또박 세 음절을 하늘을 향해 내뱉었다.

"행. 로. 답!"

나는 어떻게 되는 걸까? 남자는 어떻게 되는 걸까? 우리는 어떻게 되는 걸까? 아무것도 알 수 없었다.

다른 차원의 사랑

남편이 주말 골프 약속을 취소했다. 그리고 아침부터 소파 위에 드러누워 TV를 보고 있었다. 소파 팔걸이를 베고 누운 남편 때문에 남자는 식탁 의자로 자리를 옮겨 앉아 있었다.

남편과 함께 있는 오전 내내 나는 가쁘게 숨을 몰아쉬었다. 남편 때문에 남자와 이야기할 수 없다는 사실이 못 견디게 답답했다. 언뜻 무슨 소리가 들린 것 같아 "네?" 하며 남자를 돌아보았다. 그러나 나를 부른 건 남편이었다.

"갑자기 웬 존댓말이야?"

"아…… 나 불렀어?"

남편이 얼굴을 찡그리며 소파에서 일어나 식탁 쪽으로 걸어왔다. 남자가 남편을 피해 다시 소파로 자리를 옮겼다.

"우리 애기 좀 하자."

"무슨 애기?"

남편은 곧바로 내게 말을 꺼내지 못했다. 할 말이 없기 때문이 아니라 할 말이 너무 많아서 무슨 말부터 꺼내야 할지 모르는 얼굴이었다. 한참 동안 나를 바라보던 남편이 거칠게 한숨을 내쉬었다. 내 얼굴에서 달라진 점을 찾으려다가 끝내 찾지 못해 낙담한 표정으로.

"당신 요즘 좀 이상해."

"내가? 내가 뭐가 이상해?"

"예전의 당신이 아닌 것 같아. 무언가 분명히 바뀌었는데…… 우리 병원 가 볼까?"

"병원? 아이 갖는 거 신경 쓰지 말라며?"

"불임센터 말고…….."

"난 지극히 정상이라고!"

우물쭈물하는 남편을 보며 무슨 뜻인지 알아차린 내 목소리가 높아졌다. 남자가 긴장한 얼굴로 우리의 대화를 듣고 있었다.

"말해 봐, 무슨 일이야? 당신 요즘 혼잣말로 자주 중얼거리잖아. 그거 우울증 증세일지도 모른다고 직장 동료가 그러더라고. 자기 아내도 그런 증상 있었다고."

"내가 지금 우울증이라는 거야?"

"지난 주말에 우리 아기 만들때, 당신 왜 그랬어?"

"내가 뭘?"

"당신 손 말이야. 당신 손이 침대 밖으로 뻗어서 뭔가를 꽉 쥐고 있는 거 똑똑히 보았어."

얼굴이 화끈거렸지만 나는 남편이 눈치 채지 못하게 최대한 태연한 척했다.

"내가 그날 너무 흥분했나 보지."

주말 밤 술에 취해 들어온 남편은 오랜만에 나를 안았다. 남편이 나를 끌고 침실로 들어갈 때, 내 다른 손은 남자의 손을 잡고 있었다. 나는 남자의 손을 놓지 않았다. 남자를 침실로 끌어들였다. 그냥 그러고 싶었다. 내가 남편과 사랑을 나누는 게 사랑스러웠다는 남자의 말이 기억나서였는지도 모른다. 나는 내 사랑스러운 모습을 남자에게 보여 주고 싶었다.

나는 가장 좋아하는 체위로 남편 위에서 움직였다. 침대 옆 탁자에 앉은 남자의 얼굴에 시선을 붙박은 채. 남자는 미소를 품은 채 나를 응시했다. 기이하게도 하나도 부끄럽지 않았다. 오히려 그 시선이 나를 흥분으로 치닫게 했다. 그래서 절정에 다다를 즈음 나도 모르게 그를 향해 손을 뻗었다. 그도 내 손을 꼭 잡아 주었다.

"그뿐이면 말을 안 해. 얼마 전에 친구 부인이 당신을 마트에서 우연히 봤대. 그런데 당신이 혼자 막 웃으면서 뭐라고 중얼거리더라는 거야. 그 말 듣고 내가 얼마나 당황했는지 알아?"

결국 티가 날 수밖에 없었던 건가. 나는 대답 대신 남자를 바라보았다. 미안한 마음이 들었다. 왜 미안한지는 몰라도 뛰어가 그의 등을 안아 주고 싶었다.

"그냥 내가 요즘 혼자 노는 방식이야. 하루 종일 집에 혼자 있으면 심심하잖아. 그래서 상상 속의 친구를 만들어서 대화를 나누는 거야. 당신이 상상하는 그런 거 절대 아냐."

억지로 짜낸 핑계에 남편이 답답하다는 듯 두 손으로 얼굴을 감쌌다. 어깨를 들썩이며 거친 숨을 토해 내던 남편이 고개를 들고 나를 바라보았다.

"당신, 직장에 다시 다니는 건 어때? 당신 말대로 결혼한 뒤로 혼자 있는 시간이 너무 많아서 그러는 것 같아. 나도 솔직히 당신이 집에 혼자 있는 게 마음에 걸리고."

나는 직장 얘기를 꺼내는 남편에게 화가 치밀었다.

"이제 와서 직장 생활을 하라고? 6년 동안 집에만 처박혀 있다가 갑자기 밖에 나가서? 그게 쉬워? 당신처럼 정규직으로 취직할 수 있어? ……나도 다시 직장 생활 하고 싶어. 당신 돈 타서 쓰는 게 아니라 당당히 돈 벌어서 내 맘대로 쓰고 싶다고. 아, 마트에라도 취직할까? 그러면 되겠어?"

내 빈정대는 말투에 남편도 언성이 높아졌다.

"그런 얘기가 아니잖아!"

한동안 거실을 서성이던 남편은 결국 담배를 챙겨 밖으로 나가 버렸다. 나는 이런 꼴을 남자에게 보인 게 창피해 침묵을 지켰다.

"괜찮아요, 너무 힘들어 하지 말아요."

남자가 다가와 내 어깨에 손을 얹었다. 왈칵 눈물이 쏟아질 것만 같았다.

"사랑해서 결혼했다고 생각했는데…… 꼭 도망치고 싶어서 결혼한 것만 같아요. 모두가 그렇게 나를 바라보는 것 같아요. 직장 생활 동안 너무 힘들어 안정이 필요해서 결혼한 것은 맞아요. 하지만 막상 결혼하고 보니 중간에 끼어 옴짝달싹도 못하는 기분이에요."

"중간에 끼다니 그게 무슨 뜻이죠?"

"사람들 속의 외로움과 혼자 있는 외로움 사이에 어정쩡하게 끼어 버린 것 같아요. 남편은 분명 좋은 사람이에요. 남편이 내게 다정한 사람이 되려고 노력하는 것도 고마워요. 하지만 어쩔 땐 정말 이런 생각이 못된 것이라는 걸 알지만, 노력하는 그가 끔찍할 때가 있어요. 마치 연출을 하고 있다는 느낌…… 무슨 말인지 알아요? 남편은 결혼 생활을 연기하고 있는 것 같아요. 나도 거기에 맞춰 평생 계약직 같은 결혼 생활을 하는 것 같고."

"그건 서로에게 기대를 품었기 때문이 아닐까요?"

"기대요?"

"남녀가 결혼을 통해 함께 생활을 꾸리다 보면 기대라는 걸 품게 된다고 들었어요. 온전히 대상 그대로의 존재가 아니라, 결혼이라는 제도 속에서 주어진 역할, 남편과 아내, 혹은 아빠나 엄마로서의 역할에 관습적으로 주어진 기대로 사랑이 변모하게 된다는 거죠. 그 기대가 엇갈리게 되면 사랑에도 금이 가기 시작하는 거라고요. 하지만 분명한 건, 당신과 남편이 서로 사랑하고 있다는 것이에요. 나는 그걸 분명히 알 수 있어요."

"나를 억지로 위로할 필요는 없어요."

"억지로?"

"당신 때문이에요. 당신 때문에……."

더 이상 말을 할 수 없었다. 나는 그동안 남편을 사랑하고 있다고 믿어 의심치 않았다. 그런데 어느 날 남자가 나타났고, 말로 설명할 수 없는 기이한 감정에 휩싸이고 말았다. 이 세상에 존재하는지조차 확신할 수 없는 남자가 나타난 뒤부터 세상 사람들이 '사랑'이라고 말하는 감정을 어떻게 규정해야 할지 혼란스러웠다. 정신 차려! 서로를 믿고 아침 햇살을 받으며 같이 일어나고, TV를 보며 같이 웃고, 소소한 일상을 나누는 부부의 사랑도 소중한 거라고! 스스로를 다그쳤지만, 이젠 그렇게 생각하려고 애쓰는 상황이 되어 버렸다.

나는 남편을 더 이상 사랑하지 않는 것일까? 그것마저 자신 있게 말할 수 없었다. 다만 남자의 존재로 인해 남편과의 사랑이 뭔가 다른 차원으로 넘어갔다는 느낌만은 분명했다. 아니! 이미 다른 차원이나 국면으로 넘어가 버린 남편과의 감정을 남자의 존재가 일깨웠다고 하는 게 더 정확할 것이다. 다른 차원으로 넘어간 사랑? 이건 또 무슨 궤변인가. 다른 차원으로 넘어갔다는 건 또 무슨 뜻이고, 그것 또한 사랑이라고 부를 수 있는 것인가? 머릿속이 뒤죽박죽이었다.

"당신도 내게 기대가 있나요?"

"내가 바라보는 것을 당신이 이해하고 받아들였으니 그 이상의 기대는 없습니다. 나는 당신을 보고 있는 것만으로도 더없이 행복합니다."

남자는 언제나처럼 조용히 말했다. 나는 나도 모르게 손을 들어 그의 뺨을 어루만졌다. 차갑게 식었던 가슴에 온기가 돌았다.

가을이 오겠죠

남자와 나는 오늘도 외출을 했다. 마트에 함께 다녀오는 건 이제 남자와 나의 일상이 되었다. 아침에 일어나 소파에 앉아 있는 남자를 보는 순간만큼이나, 그가 떠나지 않고 오늘도 나와 함께 있다는 사실을 깨닫는 순간만큼이나, 나는 남자와 외출을 하는 시간이 좋았다. 신기한 눈으로 세상을 구경하는 남자가 사랑스러웠다. 남자는 매일매일 새로운 걸 발견하고 놀라워했다. 그리 놀라울 것도 없는데, 그가 놀라워하면 내 눈에도 신기해 보였다.

장을 보고 마트를 나오던 우리는 입구에서 걸음을 멈

쳤다. 후드득, 빗줄기가 떨어지고 있었다.

"비가 오네요. 소나기겠죠? 우리 비 그치면 갈까요?"

남자가 먹장구름이 몰려온 하늘을 보며 말했다. 금세 빗줄기가 굵어지며 장대비가 시원하게 쏟아지기 시작했다. 나는 마트 안으로 되돌아가 우산을 하나 샀다.

"짠, 우산 있으니 얼른 가요."

나는 짐짓 쾌활한 목소리로 남자를 보채며 우산을 폈다. 하지만 빗속으로 몇 발짝을 떼다가 눈살을 찌푸렸다. 남자는 언제나처럼 내 오른쪽 옆에서 걷고 있었다. 나는 누군가와 함께 걸을 때 내 오른쪽에 사람을 두어야 마음이 편했다. 그리고 우연의 일치이든 아니든, 굳이 오른쪽으로 걸어 달라고 얘기하지 않았는데 남자는 언제나 내 오른쪽에서 걸었다. 나는 그런 남자가 좋았다.
그래도 비를 맞으며 걷는 남자는 싫었다. 아니, 정확히 말하면 남자는 비를 맞지 않았다. 빗줄기는 남자의 몸을 그대로 통과해 땅을 적시고 있었다. 그 모습이 남자가 이 세상 사람이 아님을 이야기하는 것 같아 정말 싫었다.

"뭐 해요? 얼른 들어와요!"
"괜찮아요. 같이 쓸 필요 없잖아요."

나는 남자를 향해 "바보"라고 중얼대며 입술을 삐죽였다. 우산을 왜 샀는데, 당신이랑 함께 우산을 쓰고 싶어서 샀는데 그것도 모르고.

"그럼 나도 안 쓸래요."

내가 우산을 접으려 하자 그제야 남자가 당황해 옆으로 다가왔다. 그리고 못 말린다는 듯 웃음을 지었다.

"고집 센 건 알았지만……."

나는 웃으며 나보다 큰 남자를 위해 팔을 쭉 뻗었다.

한껏 치켜든 우산을 남자 쪽으로 기울였다. 남자가 씌워 주는 우산도 좋았지만, 내가 씌워 주는 우산도 좋았다. 높이 쳐든 팔이 금세 뻐근해졌지만, 오른쪽 어깨가 비에 젖었지만 괜찮았다. 좋아하는 사람을 위해 무언가를 해 줄 수 있다는 기쁨이 더 좋았다. 아주 오랜만에 느껴 보는 충만함에 발걸음이 가벼웠다.

남자와 나는 우산 밑에서 바짝 붙어 거리를 걸었다. 아스팔트 바닥에서 피어오르는 흙냄새 속으로 남자의 냄새가 파고들었다. 호흡이 가빠졌다. 꽃봉오리가 부풀어 오르듯 가슴이 두근대 무언가라도 이야기를 꺼내야 할 것 같았다.

"비가 그치면 무더위도 한풀 꺾이겠네요. ……곧 가을이 오겠죠?"

"네, 가을이 오겠죠. ……와야 할 시간은 끝내 오고 마니까요."

순간, 남자의 목소리가 가라앉았다. 무언가 잘못 말을 꺼낸 것 같았다. 나는 잘못을 저지른 아이처럼 입을 꾹 닫고 남자의 눈치를 살폈다. 힐끗 올려본 남자의 얼굴이 차갑게 굳어 있었다.

말없이 빗길을 걸으며 나는 시선을 어디에 둬야 할지 알 수 없었다. 방금 전까지만 해도 정겹고 즐겁던 걸음이 갑자기 어색해졌다. 그때였다. 비가 긋는 상가 유리창을 무심코 스쳐보던 나는 걸음을 멈추고 말았다. 유리창에 익숙한 모습이 비쳤다.

"그, 그대로 있어요!"

나는 남자의 팔을 움켜쥐었다.

"무슨 일이에요?"
"⋯⋯남, 남편이에요."

길 건너 건물 모퉁이 밖으로 남편이 얼굴을 내밀고 나

를 훔쳐보고 있었다. 힐끗 본 순간 남편인 줄 곧바로 알아챘다. 10여 년을 함께 살다 보면 그렇게 된다. 보지 못하는 것을 보고, 숨기려 해도 절대 숨기지 못한다. 부부란 수천수만 명 속에서도 서로를 금세 알아보는 법이다. 그게 질긴 부부의 연이라는 것이니까.

주춤대던 것도 잠시. 나는 곧장 상가 1층에 자리한 프랜차이즈 커피숍으로 들어갔다. 그리고 커피 한 잔을 주문한 뒤 남편을 등지고 창가 자리에 앉았다.

"남편 분이면 아는 척을 해야 하지 않나요?"

"아는 척해서요? 무궁화 꽃이 피었습니다 놀이처럼 붙잡아서 딱 걸렸다고 웃으면서 말할까요?"

나는 목소리를 낮춰 테이블 맞은편의 남자에게 소곤거렸다. 한낮이었지만 커피숍에는 갑자기 쏟아지기 시작한 비를 피하는 손님들로 북적이고 있었다. 목소리를 높였다가는 나를 이상한 눈으로 바라볼 게 틀림없었다. 그나저나 미행하려면 옷차림을 바꾸거나 하다못해 모자나 마스크라

도 쓰고 얼굴 좀 가리지. 출근한 양복 차림 그대로 뒤를 쫓
다니.

"바보네요. 집에서 함께 생활하면서도 당신을 못 봤으
면서…… 우리 남편 지금도 훔쳐보고 있나요? 말 좀 해 봐
요, 어서."

나는 남자를 재촉하며 입술을 꼭 깨물었다. 남편에 대
한 분노 때문에? 내가 진짜 정신병에 걸린 것은 아닌지 의
심스러워 미행하는 모습에 짜증이 나서? 아니면, 내가 혹
시 바람이라도 피우는 것은 아닌지 의심스러워 바쁜 회사
일까지 내팽개치고 미행하는 모습에 분노가 치밀어서?

절대 아니었다. 오히려 정반대였다. 나는 지금 이 상황
이 못 견디게 우스꽝스러웠다. 웃음이 터질 것만 같았다.
남편을 미행하는 아내, 아내를 미행하는 남편이라니! 남편
과 함께한 10여 년의 세월이 이렇게 헛된 것이었나? 한 편
의 블랙 코미디를 찍는 기분이었다. 모든 게 평온했던 내
삶에 사고처럼 들이닥친 눈앞의 남자 때문이었다. 저 남자

때문에 한순간에 어그러진 결혼 생활이 안타까웠다. 그럼에도 남자에게 사정없이 끌리는 내가 바보 같아서 웃음이 나왔다. 그러나 남자가 꺼낸 말에 잔뜩 흥분했던 마음이 순식간에 차갑게 식었다.

"그러지 말아요. 당신은 남편을 사랑하잖아요. 남편 분이 당신을 의심한다고 생각하지 마세요. 당신을 걱정하는 것인지도 모르잖아요."

차가운 물을 한 바가지 머리에 뒤집어쓴 느낌이었다.

"그, 그게 지, 지금 내게 할 소린가요? 당신 때문인데, 당신이 나타나는 바람에 이렇게 됐는데, 남의 일처럼 말하는 게!"

내 목소리에 커피숍에 있던 사람들이 이쪽을 쳐다보았다. 상관없었다. 나를 미친 사람으로 바라보아도 괜찮았다. 그런 시선쯤 아무렇지도 않았다. 나와는 아무런 관계도 없는 사람들이었다. 한 번쯤 미친 사람으로 취급된다고 달라질 것도 없었다.

아니, 어쩌면 나는 정말 미쳤는지도 몰랐다. 지금도 세상 사람들은 전부 저 남자를 보지 못하는데, 내 눈에만 보이니까! 게다가 내 눈에만 보이는, 사람인지 헛것인지도 모를 남자에게 내가 사정없이 끌리니까!

"나는 당신을 사랑합니다. 그리고 당신의 지금 삶을 사랑합니다. 당신이 남편과 보낸 시간을 사랑하고, 남편이 당신과 보낸 시간을 사랑합니다. 부디 나 때문에 남편에 대한 사랑을 의심하지 마세요. 당신의 삶 자체가 얼마나 아름다운지 당신은 모르십니다. 제발 부탁합니다. 당신의 삶 자체를 사랑하는 내 마음을 받아 주세요……."

남자가 내 맘도 모르고 맘대로 지껄이고 있었다. 나는 정말 미친 사람처럼 세차게 고개를 저었다.

"모르겠어요. 지금 내가 확신하는 것은 하나뿐이에요.

나는 당신을 사랑해요. 당신을 사랑한다고!"

나는 비명을 지르듯 소리치며 창밖으로 고개를 돌렸다. 남편과 눈이 마주쳤다. 우산도 쓰지 않아 비에 흠뻑 젖은 남편이 나를 바라보고 있었다. 빗줄기가 남편의 얼굴을 때리고 있었다. 그 모습이 꼭 울고 있는 것만 같았다.

불안의 기습

은행나무 가로수들이 하나둘 노란 잎을 떨구며 시나브로 날이 쌀쌀해졌다. 가을이 깊어 갈수록 붉은 기운이 감도는 단풍나무, 놀이터에서 흙장난을 하며 뛰어노는 아이들, 단지 사이를 빠르게 뛰어가는 길고양이, 비 갠 뒤에 땅에서 증발하는 수증기, 누군가 햇볕에 말리려고 널어 놓은 빨간 고추, 아파트 보도블록 사이에 움튼 잡풀, 예전이라면 무심코 스쳐 지나갔을 아주 작은 것들, 하찮은 것들이 새 생명을 얻은 것처럼 다시 보였다.

요즘 들어 남편은 술에 취해 들어오는 날이 잦았다. 집에 돌아와서도 나와는 거의 대화를 나누지 않았다. 잠도 따로 잤고, 밥도 따로 먹었다. 남자는 그런 우리를 안쓰럽게 바라보며 한숨지었다. 나는 그런 남자를 이해하지 못했다. 그렇다고 남자를 거부하지도 못했다. 오히려 시간이 갈수록 나는 남자에게 빠져들었다.

나는 남편이 없는 시간이면 남자의 손을 꼭 붙잡고 놓지 않았다. 손을 놓으면 당장이라도 어디론가 사라질 것만 같아 불안해 견딜 수가 없었다.

그날도 남자와 마트에 들러 장을 본 뒤 손을 잡고 거리를 걷고 있을 때였다. 남자가 갑자기 멈춰 섰다. 또 무엇을 발견했나 싶어 바라본 내 눈에 잔뜩 굳은 남자의 얼굴이 들어왔다. 처음 보는 남자의 표정이었다.

"왜 그래요?"

남자의 얼굴에 긴장감이 감돌았다.

"아, 아닙니다. 이쪽으로 빨리!"

남자의 발걸음이 빨라졌다. 나도 잰걸음으로 그를 따라 뛰듯이 걷기 시작했다. 남자가 자꾸 뒤쪽으로 고개를 돌리기에 나도 뒤를 돌아보았다. 남편이 또다시 우리를 미행하는 것은 아닐까. 만약 남편이라면 지난번과는 달리 행동하리라 단단히 마음먹었다. 남편 앞으로 당당히 걸어가 이제 그만 좀 하라고, 당신이 바라는 그런 장면은 절대 볼 수 없을 거라 말해 주고 싶었다.

하지만 이번에 우리를 쫓는 것은 남편이 아니었다. 하얀색 정장을 입은 남자가 우리를 쫓아오고 있었다. 꽤 먼 거리였지만 언뜻 보기에도 나이가 든 노신사였다. 남자는 하얀 정장의 노신사를 피하고 있는 게 분명했다.

저 노인은 누구이고, 남자는 왜 피하는 걸까? 그런데 남자가 피하는 것이라면, 노신사는 남자를 볼 수 있는 사람이라는 얘기였다. 나 말고도 남자를 볼 수 있는 최초의 사람이 나타난 것이다.

남자와 나는 급히 아파트 입구로 들어섰다. 10층에 멈춰 선 엘리베이터 표시를 보자, 남자가 비상계단 쪽으로 뛰었다.

"뭐예요? 저 사람 왜 우리를 쫓아오죠?"

"나, 나중에 설명해 드릴게요."

　내 질문에 말을 더듬을 만큼 남자는 마음이 급해 보였다. 우리는 비상계단을 이용해 우리 집이 있는 4층까지 뛰듯이 올라갔다. 숨이 차올랐다. 4층에 도착하자마자 비상문을 열려는 내 팔을 남자가 붙잡았다.

　"잠깐만요. 조금만, 조금만 있다가…… 미안해요. 미안해요."

　남자와 내가 집에 들어선 건 비상계단에 쪼그리고 앉아 한 시간 정도를 보낸 뒤였다. 기척을 내지 않으려는 건지, 느닷없는 돌발 상황에 대해 설명하고 싶지 않아선지, 남자는 내내 말이 없었고, 나도 애써 물어보지 않았다. 남자는 집에 들어와서도 긴장 어린 표정을 숨기지 못했다. 나는 불안해 하는 그를 끌어안았다.

"말해 줄 수 없어요? 아까 그 사람이 누구이고 왜 우리를 쫓아왔는지?"

남자가 초점 잃은 눈을 겨우 추스르고 나를 바라보았다. 애써 태연한 표정을 짓고 있다는 게 다 읽혔다.

"괜찮아요. 이제 괜찮아요."

남자는 설명 대신 괜찮다는 말만 되풀이했다. 그 말에는 여러 의미가 포함되어 있었다. 내게 설명하지 못할 어떤 사정이 있다는 뜻도, 말 그대로 이제 안심해도 된다는 뜻도 있을 터였다. 그럼에도 불안을 떨쳐 내지 못하고 있다는 것도 확실했다. 어쨌든 노신사가 남자와 관련이 있다는 것만큼은 분명했다.

불안은 전염성이 강하다. 내색하지 않아도 전해지듯이. 나는 불안의 정체가 무엇인지 정확히 알 수 없어서 불안했다. 불안에서 벗어나고 싶었다. 그래서 그의 손을 꼭 그러쥐었다.

그날 밤 술에 취해 들어온 남편이 자고 있는 나를 안으려고 팔을 뻗었다. 나는 남편의 손길을 뿌리치고 등을 지고 누웠다. 남편의 답답한 한숨이 목덜미를 적셨다.

"미안. 오늘은 이대로 자자."

"……우리 괜찮은 거지?"

"조금만…… 조금만 기다려 줘. 미안해."

"……그래. 나도 미안해."

남편의 나직한 목소리에 죄책감이 엄습했다. 하지만 내 머릿속은 온통 거실에 홀로 앉아 불안에 떨고 있을 남자로 가득했다.

시간이 얼마나 흘렀을까. 나는 침대에서 소리를 죽이며 일어났다. 남편은 어느새 코를 골며 잠이 들어 있었다. 잠옷 차림으로 조용히 침실 문을 열고 나왔다. 소파에 앉은 남자가 시선을 돌려 나를 바라보았다. 나는 다가가 그의 머리를 부드럽게 감싸 안았다. 그리고 살며시 끌어당겼다. 처음 침대에 함께 누웠을 때 내가 그의 어깨에 이마를

댄 것처럼, 남자가 내 배에 이마를 댔다. 남자의 뜨거운 숨결에 아랫배가 따뜻해졌다.

나는 그의 무릎 위에 올라앉았다. 그의 이마에 입을 맞췄다. 아카시아 향이 콧속을 파고들었다. 내 등을 부드럽게 쓰다듬던 남자가 얼굴을 들었다. 나는 고개를 숙였다. 입술을 맞추고 그의 숨결을 들이마셨다. 편안해지고 싶었다. 아니, 불안을 쫓아내고 싶었다. 남자와 하나가 되고 싶은 욕망이 끓어올랐다.

남자가 내 젖가슴을 삼키던 순간부터 정체를 알 수 없는 기운이 몸의 안과 밖, 마음의 안과 밖에서 동시에 소용돌이쳤다. 몸과 마음의 경계가 의미 없어지는 느낌이었다. 그것은 의지가 시키는 것도 아니었고, 그렇다고 본능이 시키는 것도 아니었다. 남자의 바지를 내리고 내 팬티를 내리고, 그의 것을 내 몸 안으로 받아들일 때조차 내 숨결은 이상하리만치 고요했다. 격정이라는 표현은 전혀 어울리지 않았다. 나는 정말 평화롭게 그와 하나가 되었다. 교성조차 나오지 않았다. 평화로운 황홀경. 수식할 수 있는 것은 그 말밖에 없었다. 아주 길고 강렬한 절정의 순간이 찾

아왔음에도, 나는 신음을 흘리지 않았다. 대신 하염없이
눈물이 흘렀다. 나는 그의 귀에 나지막이 속삭였다.

"가지 말아요. 아무 곳으로도 가지 말아요."

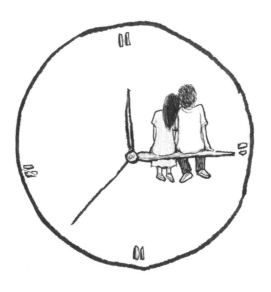

귀환

인생을 살아가는 동안 늘 불행한 시기란 것도 없고, 늘 행복한 시기란 것도 없다. 나를 포함해 우리는 행과 불행의 숱한 굴곡을 오르내리며 살아간다. 다만 어느 순간, 극도의 희열을 느낄 때가 있다. 삶이란, 어쩌면 그 희열의 순간들을 더 자주 더 길게 느껴 보고자 하는 욕망의 점철일지도 모른다. 그게 우리의 삶을 지속시키는 진짜 원동력인지도 모른다.

남자가 내 눈앞에 나타난 뒤, 나는 그런 순간들을 통과해 왔다. 남편 때문에 죄책감을 느낄 때도 있었지만, 나는 남자와 함께 있는 모든 순간들이 행복했다. 그러나 희열에 빠져든 뒤면 어김없이 불안이 엄습했다. 이 순간이 언제까지 계속될 수 있을까. 곧 끝나 버리는 건 아닐까 불안해 견딜 수가 없었다. 끝났을 때의 상실감이 크다면 이 순간을 겪지 않은 게 차라리 좋았던 게 아닐까 싶었다. 그리고 초겨울로 접어들 무렵의 어느 아침, 마침내 그 순간이 찾아오고야 말았다.

나와 남자는 불청객을 맞이했다. 나 말고도 남자를 볼 수 있는 또 다른 사람이 우리 집 거실에 서 있었다. 얼마 전 우리를 쫓아왔던 노신사였다. 그는 내 존재를 의식하지 않는 듯 화난 표정으로 남자를 윽박질렀다.

"자네는 귀환 시그널을 세 번이나 거부했어!"
"어쩔 수 없었어. 돌아가야 한다고 마음먹은 순간마다 내게 더없이 소중한 일들이 벌어졌다고."

두 남자는 나이 차가 족히 50년 이상은 날 법했지만 마치 오래된 친구처럼 대화를 나누었다.

"그래서 내가 여기까지 오는 수고를 해야 했지. 내 수명을 갉아먹으면서 말이야!"

"미안해. 할 말이 없어."

"휴…… 이제 그만 돌아가야 해. 지금 돌아가지 않는다면 자네의 기대 수명을 넘어서까지 여기 머물게 되는 셈이야. 그 뒤는 나도 장담할 수가 없어."

나는 어리둥절했지만 대화에 끼어들지 않을 수 없었다.

"자, 잠깐만요. 이분은 누구시죠?"

노신사가 어처구니없다는 얼굴로 남자를 향해 물었다.

"정인 씨에게 아직 설명하지 않았나?"

"내, 내 이름을 어떻게 알고 있는 거죠?"

남자는 내 이름을 한 번도 부른 적이 없었고, 나도 남자에게 이름을 가르쳐 준 적이 없었다. 우리는 어느새 서로를 '당신'이라고 부르는 게 익숙해져 있었다. 남자가 노신사를 향해 다급히 말했다.

"제발 내게 조금만 시간을 줘. 부탁이야."

"내가 줄 수 있는 시간은 몇 분이 전부야. 그래도 우리 시간으로는 일주일이 넘는다는 것 알고 있지? 약속한 시간보다 너무 오래 머무는 바람에 자네 몸이 얼마나 망가졌는지 알기나 하는가? 노화까지 겹치면서 위독한 지경이라고! 만일 자네에게 무슨 일이라도 벌어진다면, 그건 고스란히 내 책임이야!"

나는 노신사의 알 수 없는 말에 참지 못하고 소리를 질렀다.

"우리 시간은 뭐고, 노화에다가 위독하다니 대체 뭐예요? 제발 나한테 설명을 해 달라고요!"

그제야 노신사와 나를 번갈아보며 머뭇대던 남자가 결

심을 한 듯 굳은 표정으로 입을 뗐다.

"전에 내가 말했었죠. 영원한 것은 없다고. 이제 끝날 시간이 온 것 같아요."

갑작스러운 남자의 말에 나는 아무 말도 하지 못했다. 어떤 말을 해야 할지 가늠할 수조차 없었다. 고개를 젓던 나는 내내 품고 있었던 질문을 꺼냈다.

"당신은…… 당신은 누구죠? 누군데 나를 이미 알고 있었죠? 어떻게 나를 찾아온 거죠?"

남자가 내 질문에 쉽게 입을 열지 못하자 노신사가 답답한 듯 대신 설명을 했다.

"정인 씨, 저 친구는 우리 시간으로 60년 전, 그러니까 여기 시간으로는 6개월 전 당신을 잃었어요. 당신이, 정확히는 당신의 현실 자아가 죽은 것이죠. 하지만 당신이 죽은 걸 끝내 인정하지 않기에 제가 제안을 했습니다. 우리 회사가 개발한 전생 복원 시뮬레이션 프로그램을 활용하자고."

"전생 복원 시뮬레이션? 그게 뭐죠? 저는 복잡해서 잘 모르겠어요. 미래에서 왔다는 뜻인가요? 시간 여행 비슷한 것인가요?"

"시간 여행은 이미 물리학적으로 불가능하다고 판명이 났어요. 우리가 개발한 것은 인간의 유전자 속에 담긴 전생 데이터를 복원한 것이죠. 그 데이터를 기반으로 시뮬레이션을 만들었고, 지금 저 친구는 정인 씨의 전생 시뮬레이션 속에 들어와 있다는 뜻입니다."

나는 점점 머리가 복잡해졌다. 무슨 말인지 도무지 이해할 수가 없었다. 하지만 단 하나만큼은 확실히 알 수 있었다. 지금이 바로 남자와 헤어져야 하는 순간이라는 것을.

"꿈만 꾸다가 늙어 죽을 생각인가? 지금 돌아가도 자네

나이가 아흔이라고!"

노인의 재촉에 남자가 결국 소파에서 일어났다. 그리고 나를 꼭 끌어안았다.

"…… 당신을 다시 볼 수 있어 정말 행복했습니다."

남자의 눈에서 눈물이 흘러내렸다. 내 눈에서도 눈물이 흘렀다. 남자는 있는 힘껏 나를 안았다. 그리고 처음 우리 집에 나타나던 날 보였던 미소를 지어 보이며 내 눈물을 닦아 줬다.

이별의 순간에는 말을 아끼는 게 좋다고 누가 가르쳐 준 건 아니다. 하지만 나는 본능적으로 그에게 그 어떤 이별의 말도 하지 않았다. 그런 건 너무 잔인했다.

"우리 다시 만날 수 있죠? 제발 그렇다고 이야기해 줘요."

남자가 울음을 삼키며 웃음을 지었다.

"네, 반드시 다시 만나게 됩니다."

"그때가 언제인가요?"

"당신이 다시 태어나고 25년 뒤입니다."

"25년? 그게 무슨 뜻…… 아니, 그게 중요한 게 아니에요!"

나는 세차게 고개를 저었다. 꼬치꼬치 캐물을 만큼 시간적인 여유가 없었다. 대신 마지막으로 딱 하나만큼은 묻고 싶었다.

"나는, 나는 당신이 꾸는 꿈인가요?"

남자는 내 질문에 대답하지 못했다. 눈부시게 하얀 빛이 섬광처럼 남자와 노신사를 삼켜 버렸기 때문이다.

나는 손으로 눈앞을 가렸다. 순간적으로 앞이 보이지 않았다. 잠시 뒤 빛이 끼지고 뿌옇게 앞이 보이기 시작했다. 하지만 거실은 어느새 텅 비어 있었다. 남자는 이미 사라진 뒤였다. 남자가 내 곁에서 사라졌다는 것을 깨달을 때까지 나는 한참을 그대로 서 있어야 했다.

　나는 그와 함께했던 지난 시간들을 곱씹고 또 곱씹었다. 그리고 사라져 버린 남자를 향해 나직이 말했다.

　"꿈에서 깨어나도 나를 봐요. 약속해요. 꼭."

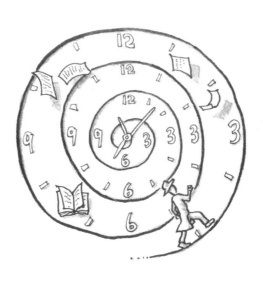

에필로그

전생 시뮬레이션 작동이 끝난 뒤, 나는 석 달 동안 꼼짝없이 병상 신세를 져야 했다. 시뮬레이터에 들어갈 때 서른 살이었던 내 몸은 아흔의 노인이 되어 몸 상태가 극도로 악화돼 있었다. 60년의 시간이 흘렀으니 당연한 일이었다.

하지만 나는 정인과 함께 보낸 6개월의 꿈이, 60년의 세월이 전혀 아깝지 않았다. 나는 정인의 죽음에 대한 죄책감을 그렇게 회한의 늪으로부터 끌어올렸다.

정인은 자유분방한 사람이었다. 그만큼 감정의 기복

이 심했다. 어떤 날은 한없이 침잠해 아무도 만나려 하지 않았다. 그런 날이 열흘이 넘을 때도 많았다. 그녀는 내가 찾아가는 것조차 귀찮아했다. 그러나 나는 정인이 가진 영민함과 풍부한 감수성을 사랑했다. 정인은 모든 고전적인 것에 깊게 빠졌다. 바흐와 헨델, 키스 자렛과 빌 에반스와 에미넴을 사랑했다. 에곤 쉴레와 모딜리아니, 일리야 레핀과 에드워드 호퍼의 그림을 흠모했다. 그리고 저녁노을도. 노을이 질 무렵엔 언제나 넋을 놓고 하늘을 바라봤다. 나에겐 그녀가 풍경이었다.

하지만 그녀는 자신의 삶까지 사랑하지는 못했다. 그렇지 않다면 그렇게 쉽게 삶을 놓아 버릴 수는 없었을 것이다. 그녀의 잠적이 되풀이될수록 나는 지쳐 갔다. 정인에게 활력을 불어넣고 싶었지만, 내 입에서 나오는 것은 늘 훈계조의 말이 전부였다. 정인은 그런 나를 향해 넌더리를 냈다. 바보같게도 나는 그녀가 세상에서 사라진 뒤에야 왜 내 사랑을 받아들이지 않았는지 어렴풋이나마 이해할 수 있었다.

나는 사랑을 한 게 아니라 사랑이라는 감정 안으로 정

인을 끌어들이려 했던 것이다. 내 감정에 정인을 동원한 것이다. 나는 그녀에게 사랑한다는 말을 수없이 되풀이했지만 결과적으로 그건 사랑이 아니었다. 사랑했다면, 제대로 사랑했다면 정인을 살려야 했다. 마지막으로 잠적한 보름 동안, 그리고 끝내 정인이 싸늘한 주검으로 발견될 때까지, 나는 한 번도 정인을 찾지 않았다. 그녀가 고통과 좌절의 늪에 빠져 있는 사이, 나는 정인이 내게 남긴 생채기에만 신경 쓰고 있었다.

그 상처는 정인이 남긴 것일까? 아니면 정인을 잃은 내가 스스로에게 남긴 것일까? 나는 그것을 확인하고 싶었다. 어쩌면 미완으로 끝나 버린 사랑을 처음부터 다시 시작해 보고 싶은 욕망도 분명 있었을 것이다. 다시 시작할 수 있다면, 그토록 바보처럼 사랑하지는 않았을 거라고 다짐하며. 아니, 사랑하고 있는 나를 연민하는 바보짓은 하지 않았을 거라고. 그래서 나는 전생 시뮬레이션 상용화 전 단계에 있던 친구 빅터를 찾아 부탁을 했다.

빅터가 제시한 시뮬레이션 속의 정인은 21세기 초의 서울 외곽 도시에서 살고 있었다. 정인이 스스로 목숨을 끊은 시점과 같은 나이였다. 나는 빅터에게서 그 시대에는 남녀가 법적으로 묶이는 결혼이 일반적이었다는 얘기를 들었다. 역사책에서 결혼이라는 제도를 본 적이 있던 나는 시뮬레이션 안에서 정인의 배우자가 되고 싶었지만, 빅터는 불가능하다고 말했다.

"자네는 결혼이 뭔지, 남편이 어떤 역할을 하는지 전혀 모르잖아. 자네가 남편 역할을 하게 되면 시뮬레이션에 오류가 발생할 수도 있어."

나는 정인과의 결혼도 남편 역할도 포기할 수밖에 없었다. 다만 빅터는 정인에게 남편이 있는 설정으로 시뮬레이션을 조작하고, 남편 캐릭터에 내 유전자 데이터를 입력할 것을 약속했다.

"남편은 가상의 캐릭터이지만 어느 정도는 자네야."

석 달 동안의 병원 생활을 끝내고, 오래전 떠났던 집으로 돌아온 나는 칩거에 들어갔다. 60년 만에 돌아온 현실에 적응하는 것은 결코 쉽지 않았다. 오래전 인연을 나눴던 사람들 중 많은 이들이 목숨을 잃었고, 친척들은 낯선 나를 멀리했다. 나는 변해 버린 세상을, 변해 버린 사람들을 받아들였다. 하기야 6개월을 위해 60년을 허비한 나를 이해할 사람이 몇이나 있을까.

결국 현실에 돌아와서도 내 꿈은 끝나지 않았다. 나는 다시 정인을 만나는 꿈을 꾸었다. 다시 정인을 만나 사랑을 나누는 그날을 기다렸다. 그러던 어느 날이었다.

– 빅터 박사님에게서 연락이 도착했습니다. 연결할까요?

브란덴부르크 협주곡 5번 2악장 아페투오소의 아름다운 선율 위로 젊은 여성의 목소리가 들려왔다. 흔들의자에 앉아 창밖을 바라보던 나는 흰 와이셔츠에 짧은 치마 차림의 여자에게 고개를 돌렸다. 여자는 살아 있는 인간이 아닌 인공지능이 만든 홀로그램 개인 비서였다. 60년 전과 달리 인공지능은 인간과 거의 구분하지 못할 정도로 발전해 있었다.

"연결해."

내 허락이 떨어지자마자 비서 옆에 빅터 박사의 모습이 떠올랐다. 잔뜩 헝클어진 머리와 지저분한 연구 가운 차림으로 봐서 며칠째 연구실에 처박혀 있었던 게 분명한 빅터 박사가 다급한 얼굴로 외쳤다.

"말도 안 되는 일이 벌어졌어!"

"말도 안 되는 일이라…… 말도 안 되는 일들을 너무 많이 겪어서 자네 말이 크게 와닿지는 않는군."

나는 내 마음을 뒤흔들 것은 이제 더는 없으리라 생각했다. 하지만 내 오산이었다.

"놀라지 말게. 정인 씨의 유전자 데이터에서 전에 없던 기록이 발견됐네."

순간 흔들의자가 멈췄다. 나는 허리를 곧추세우고 빅터 박사를 노려보았다.

"그, 그게 무슨 뜻이지?"

"이런 경우가 있다니 과학적으로 불가능한 일인데……
바로 영상을 연결시킬 테니 직접 확인하게."

빅터 박사가 연구실의 복잡한 계기판을 조작하는 모습이 보였다. 잠시 뒤 연구실 컴퓨터와 연결된 홀로그램에 영상이 재생되기 시작했다. 그리고 영상을 보던 내 눈에서 주르륵 눈물이 흘러내렸다.

"당신이군요……."

세상에는 과학으로 증명할 수 없는 기이한 일이 벌어진다. 사랑이라면 더욱 그렇다. 사랑은 인간이 풀지 못한 유일한 미스터리의 영역이니까. 나는 정교하게 설계한 꿈에 들어갔다 나왔을 뿐이었다. 그런데 내 경험이 정인의 전생 데이터에 고스란히 포함되어 있었다.

정인은 영상 속에서 카메라를 똑바로 응시하며 말하고 있었다. 언제 어디서 찍었는지는 분명하지 않았다. 다만 배경에 붉게 물든 저녁 하늘이 보였다. 아이들의 웃음소리가 간간이 들리는 걸로 봐선 놀이터 근처가 아닐까 싶었다. 나는 정인의 말이 나를 향한 것임을 쉽게 짐작할 수 있었다.

"당신이 이 영상을 볼 수 있을지는 모르겠어요. 그래도 당신에게 꼭 말하고 싶은 게 있어서 이렇게 말해 봐요. 내게 당신은 실존의 호텔이에요. 아, 이건 내가 지어낸 게 아니라 폴 오스터라는 작가의 소설에 나오는 말이죠. 자신이 온전히 자신일 수 있는 시공간이라는 뜻으로 기억하는데, 당신과 내 상황을 비유하는 데 그만큼 적당한 말이 없는 거 같아요.

어느 날 갑자기 당신은 내 앞에 나타났어요. 하지만 사실은 내가 당신 앞에 갑자기 나타난 것일 수도 있어요. 당신은 실존의 호텔 지배인이고, 나는 투숙객이죠. 나는 삶이라는 쳇바퀴를 돌다가 문득 여행을 떠나고 싶었나 봐요. 그리고 아무도 모르는 아주 조용하고 한적한 바닷가에서 당신이라는 호텔을 만났고, 거기에 머물게 됐어요. 아무튼 이 실존의 호텔에서 나는 아주 평화로워요. 정말 좋아요. 당신이 어디에서 왔든, 어느 곳으로 가게 되든 상관없어요. 내겐 지금만큼 소중한 나날들이 없으니까요. 당신과 보냈던 하루하루가 즐거웠고, 당신과 함께 있을 때 비로소 나 자신을 찾을 수 있었어요. 용기도 갖게 되었죠. 그래서 고마워요.

그거 알아요? 당신이 내게 당신 이름을 한 번도 말하지 않았다는 거? 사실 나도 당신 이름을 묻지 않았죠. 이름 따위는 필요 없다고 생각했는지 몰라요."

나는 화면을 향해 손을 뻗었다. 떨리는 손끝으로 그녀의 얼굴을 어루만지며 나직이 이름을 불렀다.

"당신의 이름은, 당신의 이름은 정인입니다. 그리고 내 이름은⋯⋯."

"노을이에요. 당신 이름을 내 마음대로 지었는데 어때요? 당신이 좋아하던 서쪽 하늘을 찬란하게 물들이는 노을."

영상 속 그녀의 말에 나는 바보처럼 웃었다. 울면서 고개를 끄덕였다.

"빙고, 맞혔네요. 맞습니다. 제 이름은 노을입니다."

나는 알 수 있었다. 그녀가 지금 나를 보고 있다는 사실을. 누구도 믿지 못하겠지만, 시간과 공간을 뛰어넘어 그녀는 나를 보고 있었다.

"그리고 나는 지금 당신을 보고 있어요. 중요한 건 내가 당신을 보고 있다는 거예요. 잊지 말아요. 내가 당신을…… 보고 있다는 사실을."

"그래요, 당신은 나를 보고 있습니다. 나도 당신을 보고 있습니다. 우리는 믿어요."

나는 창밖 하늘을 붉게 물들이는 저녁노을을 향해, 어디선가 나를 보고 있을 그녀를 향해 외쳤다.

"행······ 로······ 답."

작가의 말

장애인 부부의 일상을 다룬 다큐멘터리 영화 〈달팽이의 별〉에 이런 대목이 나옵니다. 듣지도 보지도 못하는 시청각 장애인 조영찬 씨에게 누군가 묻습니다.

"형은 형수를 만나기 위해 무슨 준비를 했어?"

그러자 그가 대답합니다.

"외로움이 준비되어 있었지."

외로움. 사랑의 준비물. 그렇죠. 누구나 외롭기 때문에 사랑을 갈망합니다. 혼자여도 충분하다면 굳이 사랑 따위는 할 필요가 없을 겁니다. 왜냐면 사랑 역시 '타인과의 관계 맺기'이기 때문에 불화와 갈등의 가능성을 내포하고 있고, 또한 그래서 고통도 수반하기 때문입니다.

그럼에도 외로움은 그 가능성을 압도하고, 사람을 사랑에 눈멀게 하는 거대한 힘입니다. 번식을 강제하기 위해 인간의 DNA에 새겨진 것은 성욕뿐만이 아닐 겁니다. 외로움이라는 정서도 작동하겠죠. 외로움은 짝을 찾으라는 강력한 유전자의 명령이 심상에 작동하는 정서적 기제인 셈입니다.

그런데 인간의 사랑이란, 외로움만 준비되어 있어서는 안될 것 같습니다. 왜냐면 외로움이 너무 커지면, 상대를 착취할 수도 있기 때문입니다. 사랑이, 혹은 사람이 외로움의 종속 변수가 되면, 상대가 A가 됐든 B가 됐든 C가 됐든 중요하지 않게 되는 것입니다. 나의 외로움을 채워 주면, 누구라도 상관 없는 게 되어 버리면, 그건 사랑이 아니겠죠.

흔히 남자들이 저지르는 오류가 거기에 있습니다. 당

장의 외로움을 달래기 위해 가시권의 이성에게 유혹의 미끼를 던집니다. 그러나 이런 경우는 존중과 기다림이 빠져 있기 십상입니다. 시쳇말로 발정난 수캐가 되는 것입니다. 외로움에 겨운 나머지 쉬워 보이는 상대를 착취하는 것이죠.

연애 단계, 혹은 결혼한 사이에서도 착취의 가능성은 상존합니다. 나의 기대에 상대가 무조건 맞추기를 강요하는 것은 감정적 착취에 불과합니다. 많은 커플들이 바로 이런 문제로 파국을 맞이하죠.

사랑은 이타성을 전제로 하는데 이기성이 충돌한다면, 그건 처음부터 서로를 외로움의 충족 수단으로만 보았기 때문일 겁니다. 역설적이게도, 이런 관계가 되면 사랑한다고 생각했던 사람끼리 서로를 다시 외롭게 만듭니다. 짝이 없던 외로움에서 짝이 있는 외로움으로 바뀌는 것이죠.

사랑을 하기 위해 외로움이 준비되어 있는 건 당연합니다. 하지만 그것만큼 중요한 건, 상대와의 정서적 교감을 나눌 준비입니다. 그리하여 서로가 외로움의 충족 수단을 넘어 '목적'이 될 수 있을 가능성을 모색하는 것이지요. 사람의 사랑이 동물의 사랑과 다른 부분이 바로 그것입니다.

이 소설은 바로 그런 이야기를 하고 싶어서 썼습니다. 그런데 저는 유려하고도 아름다운 문장을 쓰는 재능은 가지고 있지 못합니다. 다만, 독자들에게 흥미롭게 이야기를 전해 줄 수 있는 방법을 모색한 끝에 나름대로 장르적 스토리텔링을 시도해 보았습니다. 이 작품이 독자들의 시간 낭비가 되지 않았기를 바랄 뿐입니다.

최광희

내게만 보이는 남자

초판 1쇄 인쇄 | 2019년 6월 14일
초판 1쇄 발행 | 2019년 6월 24일

지은이 | 최광희
펴낸이 | 전준석
펴낸곳 | 시크릿하우스
주소 | 서울특별시 마포구 독막로3길 51, 402호
대표전화 | 02-6339-0117
팩스 | 02-304-9122
이메일 | secret@jstone.biz
출판등록 | 2018년 10월 1일 제2019-000001호
블로그 | blog.naver.com/jstone2018
페이스북 | @secrethouse2018 인스타그램 | @secrethouse2018
일러스트 | Pixabay, ID / cdd20

ⓒ 최광희 2019

ISBN 979-11-965089-6-8 03810

열세번째방은 시크릿하우스의 문학 브랜드입니다.

• 이 도서의 국립중앙도서관 출판예정도서목록(CIP)은 서지정보유통지원시스템 홈
  페이지(http://seoji.nl.go.kr)와 국가자료종합목록시스템(http://www.nl.go.kr/
  kolisnet)에서 이용하실 수 있습니다. (CIP제어번호 : CIP2019020313)
• 이 책은 저작권법에 따라 보호받는 저작물이므로 무단전재와 무단복제를 금지하
  며, 이 책의 전부 또는 일부를 이용하려면 반드시 저작권자와 시크릿하우스의 서
  면 동의를 받아야 합니다.
• 값은 뒤표지에 있습니다. 잘못된 책은 구입처에서 바꿔드립니다.